「弘樹さん、力抜いて」

「ちょっ、待っ……あ、ん…っ」

太い指を少しずつ飲み込まされていく感覚に、上擦った声があがった。

内壁の粘膜は野分の指に絡みつく。すると、野分は乱暴な抜き差しを始めた。

純愛エゴイスト

純愛エゴイスト

藤崎 都
中村春菊=原案

14215

角川ルビー文庫

✻純愛エゴイスト

Contents✻

Junai Egoist
Presented by
Miyako Fujisaki & Shungiku Nakamura

口絵・本文イラスト／中村春菊

今日《きょう》の俺《おれ》は
好《す》きなおやつが
買《か》えたので
大満足《だいまんぞく》だ
純愛《じゅんあい》エゴイスト
プロローグ
ただいまーー
みてみて
抹茶白玉《まっちゃしらたま》あんみつ
生《なま》クリームたいやき
やっと買《か》えたよー
たいやきセンモン店
たいやきや
いーだろ
でもウサギさん
甘《あま》いの食《く》えないん
だよね
もったいなーー…
――で
ですね
何《なん》かもうこの際《さい》 次《つぎ》は
新婚《しんこん》モノ
でいきたいなと
思《おも》うんですよ
何《なん》かこー私《わたし》
キラキラウキウキ
したモノが見《み》たいん
ですよ
先生《せんせい》 甘々《あまあま》モノ
大好《だいす》きでしょ?
好《す》きなの書《か》けますよ
ハネムーンやら
エプロンやら
チャペルやら
……エプロン?
……ああ…
エプロンは
エプロンでも
フリルだぞ
色《いろ》は白《しろ》で
ついでにその他《ほか》の
着用《ちゃくよう》は一切《いっさい》
認《みと》めない
それを
書《か》かせる
勇気《ゆうき》が
あるなら
いくらでも
書《か》くが
白フリルエプロン以外
エプロンとは認めない

深刻《しんこく》な顔《かお》して内容《ないよう》がそれかよ
2日間徹夜明け
いや いくら何でも裸エプロンで白フリルって いかがなもんかと せめてピンクフリルなら
ダメだ フリルは白でなくてはならない ここは絶対にゆずれない
いや でも
いや ダメだ
あ 美咲君《みさきくん》おかえりー
どもです
あ 抹茶白玉《まっちゃしらたま》あんみつ生《なま》クリームたいやき買《か》ったんスけど食《た》べます？
食《た》べる
ウサギさんが甘《あま》いモノを口《くち》にする時《とき》はキケン度《ど》98%《パーセント》だ
ヤバイヤバイ ここはおとなしくしておかねば
じ じゃあお茶《ちゃ》入れるね
あ そーだ やっぱり雑誌掲載《ざっしけいさい》の新作大好評《しんさくだいこうひょう》でしたよ
ほーーー
なんで今回《こんかい》の第《だい》2回《かい》も期待大《きたいだい》ですよーー

!? 第《だい》2回《かい》!? 何《なん》だそれ!!
俺《おれ》が!? また俺《おれ》がネタなのか!?
今《いま》までと違《ちが》ったカンジのってリクエストしたのはこっちですけど
先生《せんせい》にしてはめずらしいカップリングでしたね
……いや
あれはもう今回《こんかい》で終《お》わりにしようかと思《おも》っている
えーでもすっごいよかったですよ!
学祭《がくさい》H《エッチ》♡
タタ―
?

何《なん》なんだよ もう!!
学祭《がくさい》ネタって また俺《おれ》ネタ かよ!!
次《つぎ》は何《なん》なんだ 着《き》ぐるみH《エッチ》か? お化《ば》け屋敷《やしき》H《エッチ》か?
まさか メイドH《エッチ》とか じゃねーよな!!
↑自分予想図
人《ひと》をネタに するのマジ やめろっつーの!!
秋川弥生
――と いう訳《わけ》で

純愛エゴイスト

出会い編

Junai Egoist

◇

白昼の駅の構内で、中條弘樹《なかじょうひろき》は突然《とつぜん》の展開にただ面食《めんく》らっていた。

「もういい！　あんたとはこれ以上やっていけないわ」

彼女は肩《かた》にかかったストレートの長い髪《かみ》を鬱陶《うっとう》しげに指先で払《はら》いながら、ため息交じりにそう告げる。

「いきなり何云《い》ってんだよ」

「国文のくせに日本語もわかんないわけ？　もう別れるって云ってんの！」

「だから、何で突然そんな話になるんだって訊《き》いてんだよ!!」

彼女の激昂《げっこう》の原因は、切ったばかりの前髪に気づかなかったとか、昨日メールの返事を寄越《よこ》さなかったとか、そんな些細《ささい》なことだったと思う。だけど、大学帰りの電車の中で始まったそのやり取りは、駅に着いたあとも続き、彼女はとうとう電車を降りたところで感情を爆発《ばくはつ》させたのだ。

弘樹自身、自分が細かいことに無頓着《むとんちゃく》で面倒《めんどう》くさがりなところがあることは自覚しているし、彼女がそこを不満に思っていることは承知していたがだからといって、それがどうしてすぐ別れることに繋《つな》がるのかがわからない。

これでも、できる範囲《はんい》で自分なりに努力はしていたつもりだ。

それに自分にだって、相手への不満がないわけじゃない。でも、そういうものはお互《たが》い様であって、一方的に非難される覚えはないはずだと思っている。

（――なのに、どうしてだ？）

けれど疑問に思う弘樹の目の前で、彼女は心のうちに秘《ひ》めていた最大の不満をぶちまけた。

「だって弘樹、あたしのことなんて好きでも何でもないじゃない！」

「なっ……そ……んなことない、だろ……」

しどろもどろに語尾《ごび》がつい小さくなってしまうのは、正直なところ自分の気持ちに自信が持てないからだ。

同じN大文学部に在籍《ざいせき》する彼女と出逢《であ》ったのは、友達のつき合いで渋々《しぶしぶ》出ることになった合コンでのことだ。そのときから積極的なアプローチをされるようになり、大学内でもよく声をかけられるようになった。

彼女とのつき合いは、好きだと告白され、弘樹が押される形でOKしたことから始まったのだが、明るい性格と時折見せる甘えた仕草に好感を持ってはいても、その好感が恋愛《れんあい》の『好き』なのかどうかは正直、自分でも未《いま》だによくわからずにいた。

彼女だけじゃない。その人のことを四六時中考えて他《ほか》のことが手につかなかったり、一挙一動にドキドキしたりということが、弘樹はこれまで一度たりとてないのだ。

だけどつき合っていくうちに、もっと好きになれるんじゃないだろうかと、いつも思っているし、今回もそうなってくれるよう期待していた。

「そんなことあるわよ！　いままでに、あたしに好きって云ったことあった!?」

「さ、さあ…？」

ずばりと切り込んでくる質問に対し、その場の勢いで一回ぐらい云ったことがあるのではないだろうかと言葉を濁《にご》すと、彼女はキッと弘樹を睨《にら》みつけてくる。

「ないわよ！　一度もね!!」

「お、男はそう気安くそんな言葉、口にしねーんだよっ」

「口にしないんなら、態度で示すのが普通《ふつう》でしょう!?　誕生日だって覚えてなくてプレゼントの一つもくれなかったし、夏休みはレポートだ論文だバイトだって云ってろくに相手もしてくれなかったじゃない!!」

「うっ、それは……」

彼氏として怠慢《たいまん》だと云われてしまえば、反論の余地もない。

でも、そんなときもちらりと嫌味《いやみ》を云われるが、それ以上の追及《ついきゅう》がなかったから彼女がそこまで気にしていたとはつゆとも思っていなかった。

「好きな相手だったら、何かしてあげようと思うのが普通じゃないの!?　弘樹には心ってものがないのよ、きっと。どうせ、一生誰《だれ》も好きになれないんだわ！」

「……っ!!」


グサリととどめの言葉を投げつけられ、声を詰《つ》まらせる。

弘樹が云い返せなかったのは、心のどこかで自分もそう思っていたからだ。しかし、いままで抱《かか》えていたその漠然《ばくぜん》とした不安を、こんなふうに他人に指摘《してき》されるとは思わなかった。

「あんたなんて、ずっと一人で生きていけばいいのよ！」

そして、彼女は憤懣《ふんまん》やるかたないといった様子で捨て台詞《ぜりふ》を残し、ブーツの踵《かかと》をカッカッと鳴らしながら、駅の階段を下りて行ってしまった。

（……一生誰も好きになれない……たしかにそうかもしれないな）

彼女を引き留めることもできず、ホームに一人残された弘樹は、ぼんやりとそう思う。

物心ついてからこれまで、誰とつき合っても弘樹は長続きすることがなかった。

それは、どんな相手にも好感以上のものが持てないのが最大の理由だ。

だからと云って、何に対しても興味の持てない無気力な人間というわけじゃないし、人間嫌《ぎら》いというわけでもない。

ただ、他人に対して感情が大きく揺《ゆ》れ動くことがない、だけなのだ。

これまでの人生において、弘樹が自分の興味のほとんどを注いでいるのは、現在大学で専攻《せんこう》している『日本文学』についてだけだった。

子供の頃《ころ》は、絵本から始まり、学校にある児童書はほぼ制覇《せいは》してしまうほど読書にのめり込み、中学高校と進むうちに、やがてその道の研究者になりたいという夢を持つようになった。

本は好きだし、興味のあるものについて勉強するのも好き。興味を満たすための努力なら、時間も労力も惜《お》しいとは思わない——なのに……。

(わかんないんだよな、恋愛ってものが)

普通この歳《とし》の大学生なら、勉強より恋愛、ゼミよりコンパ、文献《ぶんけん》よりセックスに興味があるのは当たり前のことなのかもしれない。誰が誰を好きとか、あいつとそいつがつき合ってるらしいとか。大学のどこにいても、大抵《たいてい》同年代の関心は恋愛一色だ。

だけど弘樹には、周囲が夢中になる恋愛というものを、頭では理解できていても、感覚として理解することができないのだ。

弘樹としても、それをよしとしてきたわけじゃない。

物語の中に描《えが》かれているような狂《くる》おしい気持ちに憧《あこが》れはしつつも、誰に対しても大きく感情を上下させたことがない自分に物足りなさのようなものは感じているし、あんなにも他人に夢中になれる周囲の友人たちを見ていると、誰にも恋愛感情を持ったことがない自分は、どこかおかしいのではないだろうかと思ったこともある。

(俺…感情面になんか欠陥があるのかな……)

何らかの『欠陥』があるからこそ、誰かに焦《こ》がれて、声が聞きたくなったり、会いたくなったり、そういうことを体験したことが一度もないのかもしれないと弘樹は思った。

別に女性への興味がないわけではない。それなりに性欲はあるし、そういった体の機能も正常だし、下がり気味の眦《まなじり》だとか色素の薄《うす》い髪質《かみしつ》のせいで、一見遊び慣れているように見えるらしく、長くつき合うことを考えていないような女の子たちが頻繁《ひんぱん》に寄ってくるので、彼女がいない期間がほとんどなかったりもする。

あの彼女も、弘樹の外見に惹《ひ》かれて近づいてきた一人だったのだろう。しかし、不器用で真《ま》面目《じめ》で研究一筋な弘樹は、彼女の意図する彼氏像からはほど遠かったに違《ちが》いない。

（だからって、あんなこと云われる筋合いなんかねぇよな……）

『あんたなんて、ずっと一人で生きていけばいいのよ！』

彼女に云われた言葉を反芻《はんすう》すると、胸がずしりと重くなる。胸の奥底に隠《かく》していた重いコンプレックスを無理遣《や》り引き摺《ず》り出された弘樹は、奈落《ならく》に突《つ》き落とされたような気分だった。

（やっぱり俺、誰も好きになれないのかな……）

その場に立ち尽《つ》くしていると、どうしようもないほどの空虚感《くうきょかん》に襲《おそ》われる。すると、眦から一粒《ひとつぶ》の雫《しずく》が零《こぼ》れ落ちた。

「――あれ……？」

泣いている自分に気づき、弘樹は驚《おどろ》く。自覚している以上に、彼女に云われた言葉が弘樹にとってはショックだったのかもしれない。

（自分でなんとなくわかっていたことだけど、あんなふうにはっきり言葉にされたことがなかったもんな……）

そんなふうに自己分析《ぶんせき》をしていた弘樹は、ふと自分を見つめる強い眼差《まなざ》しに気がついた。

「……？」

何だろうと思い、おもむろに視線のほうに目を遣ると、学生服を身に着けた背の高い高校生がそこに立っていた。

（見られたのか…!?）

焦《あせ》って目を手の甲《こう》で擦《こす》りながら、弘樹はここがどこだったかを思い出す。

咄嗟《とっさ》にぐるりと周囲を見渡《みわた》すと、ホームにはその高校生以外は駅員の姿しかなかったけれど、電車から降りたばかりのときは幾人《いくにん》か周りにいた気がする。

衆人環視《しゅうじんかんし》の中、醜態《しゅうたい》を晒《さら》してしまったことへの羞恥《しゅうち》に弘樹の顔が赤く染まっていく。いっそ穴があったら入りたいというのは、こういうときに使う言葉に違いない。

「……ッ!!」

一刻も早くこの場を立ち去ってしまおうと、弘樹は踵《きびす》を返して彼女の消えた方向とは反対に歩き出した。

（つーか、あのガキは何なんだ！　見せモンじゃねぇんだぞ!?　人が泣いてるとこをジロジロ見やがって！）

思い返すと腹が立ってくる。人目も憚《はばか》らずケンカを始めた自分たちにも非はあるけれど、あ

あいう場合は見て見ぬふりをするのが人情ってものだろう。

やけに印象深い強い眼差しと漆黒《しっこく》の瞳《ひとみ》。おまけに髪も制服も真っ黒で、視界に入ってきた光景の中で、彼の姿だけがくっきりと目に焼きついている。

あの高校生は蔑《さげす》むでも呆《あき》れるでもない、まるで何かに見蕩《みと》れているかのような不思議な表情をしていた。

(どうせ、あいつの剣幕《けんまく》に押されて惚《ほう》けてただけだろうけど)

そうは思いつつも、弘樹は当分あの眼差しを忘れられそうになかったのだった。

◇

弘樹が彼女と別れたことは、すぐに周囲の友人たちに知れ渡《わた》ることとなった。誰《だれ》かと顔を合わせるたびに何かと気遣《きづか》われ、同情めいた言葉をかけられる。

(そういや、お喋《しゃべ》りだったもんな、あいつ……)

色んな相手に愚痴《ぐち》交じりに別れた経緯《けいい》やら、いままでの不満を話して歩いているのだろう。

そうだとしても、弘樹にはもうどうでもいいことだった。

しばらくは友人の気遣いが煩《わずら》わしいかもしれないけれど、それだってきっと一ヶ月もすれば落ち着くだろう。いつものことだ。どう思われようが、自分のやりたいことの邪魔《じゃま》をされなければそれでいい。

「中條、落ち込むなよ」

「失恋《しつれん》の傷は時間が癒《いや》してくれるもんだぜ？　自棄《やけ》酒くらいつき合うからな！」

「……ああ、サンキュ……」

ゼミの友人たちに曖昧《あいまい》な顔でそう答えると、弘樹はそそくさとその場を立ち去った。立ち止まったりなんかしたら、根ほり葉ほり興味津々《きょうみしんしん》で色んなことを訊《き》かれるに決まっている。

(でも、俺が未練タラタラで別れた設定かなんかになってるみたいだな……)

これだから噂《うわさ》は嫌《きら》いだと、弘樹はしみじみと思う。

そもそも弘樹には『失恋の傷』など一つもついていないのだから、慰《なぐさ》めの言葉をかけられてもありがたくも何ともないのだ。

投げつけられた言葉にショックを受けてはいるくせに、振《ふ》られたことに関してはこれといった感情がないというのが正直なところ。

そんな自分を顧《かえり》みて、やはり人としてどこかおかしいに違いないと弘樹は自嘲《じちょう》的な笑《え》みを零す。

(まあ、それもどうでもいいことだ)

いまはやるべきことに集中していよう。卒業論文も書かなくてはならないし、大学院に進むつもりでいる自分にはもう一つの論文が課せられているのだから。

そう気持ちを切り替《か》え、辿《たど》り着いた研究室の薄いドアをノックする。

「失礼します、中條です」

返事が聞こえてくる前に研究室のドアを無造作にガラリと開けた途端《とたん》、視界にいまにも崩《くず》れ落ちそうな本の山が飛び込んできた。そして、それはドアを開けた振動《しんどう》で、弘樹に向かってゆっくりと傾《かたむ》いてくる。

「うわ、危なっ!」

咄嗟に伸《の》ばした両手で、弘樹はなんとかその山が崩れるのを防ぐ。

「……ったく、あの人は……」

視界に広がる目眩《めまい》のするような光景と自分に降りかかりかけた身の危険に、弘樹は思わずため息をついた。

弘樹の在籍《ざいせき》するN大文学部国文学科のゼミの担当教授の研究室は、相変わらず凄《すさ》まじい。

文学に対する姿勢だとか、これまで発表してきた論文は尊敬に値《あたい》するのに、だらしない生活態度だけは目も当てられないくらいだ。よくもこんな場所で過ごしていられるなと感心すらしてしまう。

しかし、感心ばかりしている場合ではない。これはちょっと酷《ひど》すぎる。少しくらい反省してもらわなければと、弘樹は声を荒《あら》らげた。

「教授！　少しは整理整頓《せいとん》をしてくれっていつも云ってるでしょう！」

弘樹は再び雪崩《なだれ》が起きてもおかしくはない本の山の間をすり抜《ぬ》け、奥にいる担当教授の下《もと》へ何とか辿り着いた。

「おお、中條。待ってたぞ。その辺にてきとうに座ってくれ」

「座る場所なんてないじゃないですか……。待ってる時間があるなら、少しは片づけをして下さいよ」

来客用のソファーさえ、大量の本に埋まっている。これのどこに座れと云うのか。

「まあ、気が向いたらな」

「そんなこと云ってたら、一生やらないでしょう」

「いや、本当は来週やろうと思ってたんだ」

教授は弘樹の剣幕に対しても、慣れた対応で答える。来週、来週と云われて、すでに二年が経《た》っていることを知っている弘樹は大きくため息をついた。

「嘘《うそ》ですね。……で、教授。俺に頼《たの》みごとって何なんですか？」

弘樹は、ソファーに築かれたタワーの一つをテーブルの上の隙間《すきま》に移動させると、もう一つを端《はし》に寄せ、何とか一人ぶんのスペースを確保する。そして、腰《こし》を下ろしながら問いかけた。

「ああ、そうそう。頼みごとがあるんだ」

「…………」

今日、弘樹が研究室を訪ねてきたのは、さっき同じゼミの学生から、教授が自分のことを捜《さが》していると聞いたからだった。何でも頼みごとがあるとのことで、急ぎの用事らしい。

といっても、急ぎだと云って呼び出された教授の案件で、いままで急を要したことは一度もない。きっとまた、文献《ぶんけん》の整理のバイト人員を必要としているのだろう。

世話になっている手前、無下にもできないけれど、論文のための手伝いならともかく、もしもこの部屋の整理をしろということなら、弘樹は速攻《そっこう》で逃《に》げ出すつもりだった。

弘樹が鋭《するど》い眼差しでじっと見つめていると、教授は明らかに不自然な笑みを浮《う》かべながら口を開いた。

「中條、いま暇《ひま》だよな？　聞けば、卒論以外の卒業単位は、もう全《すべ》て取り終わってるそうじゃないか。さすがは文学部トップの学生だけはあるな」

「論文が二本あるので暇じゃありません。それにお世辞なら結構です」

教授の言葉に、弘樹は間髪《かんはつ》を入れずに反論した。

この時期から本腰《ほんごし》を入れて卒論に取りかかっている学生はそう多くはない。しかし、弘樹には大学院進学のためのもう一つの論文がある。余裕《よゆう》があると云うには、遠く及《およ》ばない状況《じょうきょう》だ。

（なんか、怪《あや》しい。この教授が俺のこと褒《ほ》めるときはろくなことがないんだ）

「あー…院へ行きたいんだったか。まあ、でも少しくらいの時間の都合はつくだろう？　暇さえあれば図書館に入り浸《びた》って、本を読みあさっていることくらい知ってるんだぞ」

「はあ、それはまあ……」

それだって論文のためというのが大半の理由だが、本の内容にのめり込み、時間を忘れて読み耽《ふけ》ることも少なくないため、教授の言葉を完全に否定することはできない。

「そんな暇な中條にいい話があるんだ」

「暇じゃありません。でも、教授のいい話が本当によかったことなんてありましたっけ…？」

過ぎ去った思い出を脳裏《のうり》に描《えが》けば描くほど、弘樹の眉間《みけん》に深い皺《しわ》が刻まれていく。どれも思い返すだけで疲労《ひろう》を感じてしまうような出来事ばかりだ。

「過去のことは気にするな。――実は割のいいバイトがあるんだ。お前、古書店回りで金がないって零《こぼ》してたろ」

「それはまあ……。バイトって、また文献の整理ですか？」

それならば、引き受けても構わない。教授の研究テーマと自分の卒論のテーマは対象に据《す》えている時代が重なっているため、直接関係がなくても、同時代の作家を知ることによって新たな面が見えてくることもあるのだ。

しかし、教授は弘樹の予想をあっさりと覆《くつがえ》した。

「いいや、家庭教師だ」

「は？」

「いやー、知人に頼まれてな。受験生の息子《むすこ》がいるそうなんだが、予備校は性《しょう》に合わないと云《い》って通っていないんだそうだ。本人はのんびりとした性格らしくな、親としては心配なんだろう。できたら現役《げんえき》大学生に息子の勉強を見てもらえたらと云ってきたんだよ」

（……厄介《やっかい》な……）

確かに本に出費が嵩《かさ》むため、金が欲しいのは事実だ。彼女とも別れたことだし、バイトでもしようかと思ったりもしていた。

しかし、よりによって家庭教師とは。もう大学四年ともなると、受験当時の記憶《きおく》が薄《うす》れてきている。得意分野なら辛《かろ》うじて教えることができるかもしれないが、それ以外の科目に関して弘樹は自信が持てなかった。

「俺なんかより、一年の誰《だれ》かを見繕《みつくろ》ったほうがいいんじゃないですか？」

そのほうが、自分なんかよりは適任なはずだ。暇さ加減で云ったら、一年といまの自分とではさほど変わりないだろう。

「いや、君じゃないと困るんだ」

「……何でですか…？」

「君の話を向こうにしたら、乗り気になってしまってねえ。学年トップの学生にお願いできれば心強いと云ってるんだよ」

「ちょっと！　何、勝手に話を進めてるんですか！」

憤《いきどお》ったあと、弘樹はがくりと肩《かた》を落とす。

妙《みょう》に強引《ごういん》に推《お》してくると思ったら、案の定これだ。教授と先方の親の間では、もう話が決まっていて、これは事後承諾《しょうだく》のようなものなのだろう。

「模試の結果を見せてもらったんだが、本人の学力は問題ない。まあまあ、成り行きってやつだよ。気にするな」

「気にしますよ、普通《ふつう》！　それに、学力に問題ないんだったら、なおさら俺が行く必要はないでしょう!!」

「何回か行ってくれるだけでいいんだ。受験を前にして予備校に行かない息子が、親として不安なんだろう。お前が太鼓判《たいこばん》を捺《お》してやれば、安心すると思うんだがなぁ……」

押してダメなら引いてみろと云わんばかりに気弱な表情を浮かべてくる。

(いいオヤジのくせに、気持ち悪い顔をするな)

弘樹はげんなりとした気分で、深々とため息をつく。泣き落としが通用する年齢《ねんれい》をとうに越《こ》えていることに、いい加減気づいて欲しいと思った。

「……わかりました。年内いっぱいのみでよければ引き受けます」

「そうか！　君ならそう云ってくれると思ってたよ。ああ、これがそこの住所だ。今日から行けると云ってあるから、よろしくな」

「今日からですか⁉」

「四時には行かせると伝えておいたから、くれぐれも遅《おく》れないように」

「ちょっ…俺にも都合が…！」

今日は蔵書量が豊富な隣《となり》の市の図書館まで足を延ばそうと思っていたのに、四時からその家に行くとなると図書館は諦《あきら》めるほかない。しかも、こんなに差し迫《せま》っているとなると家庭教師に必要なテキストを選ぶ時間も限られてくる。

「とにかく頼んだよ。おっと、そろそろ講義の時間だ」

「教授…っ！」

教授は云いたいことだけ云うと、そそくさと研究室を抜け出していってしまう。追いかけようにも、本の山が邪魔《じゃま》で、結局逃げられてしまった。

「やられた……」

四方を本に囲まれた状況で弘樹は、一人呟《つぶや》くことしかできなかった。

結局、弘樹はぶつぶつと文句を呟きながらも、書店に寄っていくつかの参考書と問題集を買い込んでから、バイト先となる当該《とうがい》の家へと向かった。

気乗りしないのは山々だが、この家の人間に文句があるわけではない。勝手に家庭教師を引き受け、弘樹に押しつけた教授が全面的に悪いのだ。

顔にその不満が出ないよう、唇《くちびる》を引きしめてから門扉《もんぴ》のチャイムを押した。

ピンポーンと軽い音がしたすぐあと、ドアホンのスピーカーからのんびりとした女性の声が聞こえてきた。

『はぁい、どちらさまですか？』

「あの、田中《たなか》教授の紹介《しょうかい》の……」

『ああ！　ちょっと待ってて下さいね』

全《すべ》てを云わずともわかっていたらしく、スピーカーの音声はぶつりと切られた。そして、門扉の施錠《せじょう》が自動で解かれる。

　これは中に入れと云うことだろうかと弘樹は少し悩《なや》んだあと、門扉を開けて家の敷地《しきち》に足を踏《ふ》み入れた。数段の階段を上った先にある玄関《げんかん》の前に立つと、家の中から物音が近づいてくるのが聞こえてくる。

「お待たせしました」

　ガチャリと開いたドアの向こうから顔を覗《のぞ》かせたのは、物腰《ものごし》の柔《やわ》らかな女性だった。多分家庭教師をする生徒の母親だろう。

　弘樹は失礼のないよう、ぴしりと姿勢を正して挨拶《あいさつ》をする。

「初めまして。田中教授から紹介に与《あずか》りました中條弘樹です」

「どうぞ上がって下さい。外は寒かったでしょう？　いま、お茶淹《い》れますね」

「あ、はい。お邪魔します……」

「先生、日本茶でいいですか？　それとも、コーヒーのほうがいいかしら？」

（……『先生』って…）

「え？　あ、本当にお構いなく……」

　大層な歓迎《かんげい》ぶりと、呼ばれ慣れない敬称《けいしょう》に弘樹は戸惑《とまど》った。ただの大学生の自分がここまで丁重《ていちょう》に対応された上に、『先生』となど呼ばれては恐縮《きょうしゅく》してしまう。

「お待たせしました」

「すみません、ありがとうございます」

コトリと目の前に置かれた湯飲みからは、日本茶独特のほんのりと甘い香《かお》りがする。その香りに誘《さそ》われるようにして一口啜《すす》ると、まろやかな味が舌の上に広がった。

「……美味《おい》しい」

思わず呟いてしまうほどの味わいだった。かなりいい茶葉を使っているだけじゃなく、淹れ方も丁寧《ていねい》で上手《うま》いのだろう。一人暮らしの弘樹にとっては、何だか懐《なつ》かしい味だった。

「よかった、お口に合ったみたいで。私、日本茶が好きなんですよ。これは私のとっておきの茶葉なんです」

「あ、ありがとうございます。凄《すご》く美味しいと思います」

弘樹がおずおずとそう云うと、女性は嬉《うれ》しそうに微笑《ほほえ》んだ。

「先生は大学でトップの成績なんですってね。凄いわ、たくさん勉強されてるのでしょう？」

「いえ、その、好きでしてたらたまたま……。趣味《しゅみ》もとくにないですし。あの、『先生』って呼び方じゃなくていいですから」

「でも、これから野分《のわき》の……あ、息子《むすこ》の名前なんですけどね、あの子の家庭教師をしていただくんですから『先生』ですわ」

「はあ……」

呼び名には慣れそうにないけれど、そう言い切られては仕方がない。お茶が少し冷めたのを見計らって一息で飲み干すと、弘樹は肝心《かんじん》の用件を切り出した。

だ。

「ごちそうさまです。……あの、それで息子さんは？」

弘樹がここへ来たのは、お茶を飲むためでも雑談をするためでもなく、家庭教師をするため

そんな問いかけに、相手の女性は困った表情を浮《う》かべた。

「そろそろ帰ってくると思うんですけど、どうしたのかしら？　申し訳ないんですが、もう少し待っていただけます？」

「あ、いえ、構いませんのでお気になさらず……」

そう云《い》いかけた瞬間《しゅんかん》、玄関のほうから物音が聞こえてきた。

「ただいま」

「あっ、帰ってきたみたいですわ。いま呼んできますね。——野分、先生いらっしゃってるわよ」

母親に呼び立てられた当人は、驚《おどろ》いた声を上げた。

「え？　もしかして、家庭教師の……？」

「そうよ、早くいらっしゃい。先生、お待たせしてるんだから」

「母さん、本当に頼《たの》んだんだ」

「だって、野分のんびりしてるんだもの。ほら、こっちにきて挨拶なさい」

聞こえてくる会話から察するに、親と違《ちが》って息子の方は家庭教師を頼むことに乗り気ではな

いようだ。この様子なら、とりあえず少しの間だけ勉強を教えれば、もう大丈夫《だいじょうぶ》だと云ってお役ご免《めん》になることも不可能ではない。

そんな算段を弘樹が頭の中で考えていると、学生服姿の青年が姿を現した。

「すみません、初めまし——」

「……？」

不自然に言葉を切られたのを不思議に思い、彼の顔を見上げた弘樹は、視界に飛び込んできた人物の顔に息を呑《の》み、顔を引き攣《つ》らせた。

(冗談《じょうだん》…だろ……!?)

そこにいたのは、数日前、弘樹が駅で彼女に振《ふ》られた現場を見ていたあの高校生だった。いや、詳《くわ》しくは弘樹が泣いているところを見ていた、高校生だ。

相手も気づいたのか、口を『あ』の形に開いたまま弘樹の顔を凝視《ぎょうし》している。

「野分、こちら中條弘樹さん。N大文学部国文学科の学生さんよ」

「…………」

(この世に神がいるというのなら、呪《のろ》ってやりたい気分だ)

こともあろうにあんなみっともない場面を見られた相手と、こんなふうに再会するなんて。

だが、事情を知らない親がいる前で取り乱すわけにもいかず、弘樹は愛想《あいそ》よく挨拶をしようと試みた。

「は…じめ、まして……」

口の端《はし》が引き攣ってしまいそうになるのを、必死に頰《ほお》の筋肉に力を込めて堪《こら》える。

「初めまして。よろしくお願いします」

「……ああ」

くるりと踵《きびす》を返して帰ってしまいたい気持ちを堪え、弘樹は苦々しく言葉を返す。顔に出ないようにと心がけていたはずだったが、眉間《みけん》に寄る皺《しわ》はどうにもごまかせない。

そんな二人の間に流れる微妙《びみょう》な空気を破ったのは、部屋に響《ひび》き渡《わた》った電話の呼び出し音だった。

「はい、風間《かざま》でございます……あら、お義姉《ねえ》さん？　ええ、大丈夫だけど……え？　わかったわ、いますぐそっちに行くわ。それは大丈夫よ、ウチのはもう大きいし」

電話を取った野分の母はしばらく話をしたあと、野分に向かって出かける旨《むね》を告げた。

「野分、伯父《おじ》さんが怪我《けが》をしたみたいなの。お義姉さんが病院に行くみたいだから、あっちに行ってくるわ。あそこの子はまだ小さいから、お母さん、もしかしたら泊《と》まってくることになるかもしれないけど、一人で大丈夫よね？」

「俺は平気だけど、伯父さん大丈夫なの？」

「本人は元気みたいだから、心配しないでいいわ。ただ、手続きとかが面倒《めんどう》みたいで……とにかく、あとはよろしくね。あっ！　先生も慌《あわ》ただしくて申し訳ありません」

「いえ、とんでもありません」

「詳しいお話は今度改めてということでよろしいでしょうか？」

「それはもちろん構いません」

彼女は改めて謝罪を口にすると、すぐにばたばたと出かける準備を始めた。そして、息子に留守を頼み、慌ただしく出かけていってしまう。

「…………」

二人きりになってしまった弘樹は、部屋に流れる微妙な空気に改めて眉《まゆ》を顰《ひそ》めた。

（…何を話せばいいんだ…一体……）

すると、戸惑う弘樹とは逆に、野分と呼ばれた青年はその端整《たんせい》な顔ににっこりと非の打ちどころのない笑顔を浮かべた。

「お見苦しいところをお見せして申し訳ありませんでした」

「いや……」

「俺は風間野分です」

「……俺は中條弘樹だ」

自己紹介《しょうかい》を交《か》わすけれど、やはりどこかに白々しさが混じる。

（こいつは、あの日のことを忘れてしまっているのだろうか？　それとも――）

「驚きました。こんなふうに再会するなんて」

「…………」

せめて忘れたふりくらいしてくれれば、という弘樹の淡《あわ》い期待は瞬時《しゅんじ》に水泡《すいほう》に帰した。その上、涼《すず》しい顔で自己紹介までしてくるから質《たち》が悪い。

「あ、野分は野原の『野』に『分ける』って書いて野分です。台風って意味があるんですよ」

無邪気《むじゃき》なのか、嫌味《いやみ》なのか判断はできなかったが、その態度が弘樹を不愉快《ふゆかい》にさせたことには変わりがなかった。

妙《みょう》に楽しげな野分をげんなりした気分で見遣《みや》り、弘樹はため息をつく。

やっぱり、家庭教師なんて引き受けるんじゃなかった。いや、正確に云うと引き受けたわけじゃない。押しつけられたのだ。

何にせよ、どんな手段を使ってもここに来るべきではなかった。後悔《こうかい》先に立たずと云うが、先人の言葉は重く身に沁《し》みる。

とにかく、今日のところは何を云っても仕方がない。来てしまったものは変えようのない事実なのだから。だけど、あんな情けないところを見られた相手に勉強を教えるなんて気まずいことは、できることなら避《さ》けたいのが本心だ。

弘樹は改めて、風間野分と名乗った男をしげしげと観察した。

あの日は気に留めなかったけれど、身長も体格も弘樹より数段男らしい。多分、身長は百八十センチを超《こ》えているだろう。体格もただひょろ長いだけではなく、バランスよく筋肉がついている。何か体育会系の部活動でもしていたのだろうか？

その上に乗っかった端整な顔立ちは純和風で、ストレートで硬質《こうしつ》そうな髪《かみ》は真っ黒。おまけに、いまどき滅多《めった》に見ることのできない折り目正しい好青年だ。

「これからお世話になりますが、どうぞよろしくお願いします」

「ああ、よろしく」

どこか浮き足立っているような、無邪気な笑顔《えがお》にちくりと胸が痛む。

弘樹たちのあんな場面に遭遇《そうぐう》したのだって、野分が悪いわけじゃない。元はと云えば、公共の場所で云い争いを始めてしまった自分たちの責任だ。

「弘樹さん、お茶もう一杯《いっぱい》いかがですか？」

「ああ……って、何で名前呼んでんだ！」

もう取り繕《つくろ》う気にもなれず、ぞんざいな言葉を使ってしまう。いくらなんでも、出会ってすぐに名前を呼ぶなんて、馴《な》れ馴れしすぎやしないだろうか。その上、相手は年下だ。

「ダメですか？　いい名前だと思うんですが」

「ダメとか、そういうことじゃなくてだな……」

大型犬のような瞳《ひとみ》でまっすぐ見つめられると、悪いことなど何もしていないはずなのに罪悪感でこちらがたじろがされてしまう。

動揺《どうよう》する弘樹を余所《よそ》に、上機嫌《じょうきげん》の野分はお茶を淹《い》れながら言葉を続けた。

「家庭教師って初めてだったんで、どんな人が来るのか少し不安だったんですよね。実際、母さんが勝手に決めてきた話でしたし」

「ああ、そう」

新しいお茶を注《つ》がれた湯飲みを手に、てきとうに相づちを打つ。

「でも、弘樹さんみたいに綺麗《きれい》な人ですごく嬉《うれ》しかったです」

「っ！」

歯の浮《う》くような台詞《せりふ》に、思わず弘樹は口に含《ふく》んでいたお茶を噴《ふ》き出した。その弾《はず》みに気管にもお茶が入ってしまい、思いきり噎《む》せてしまう。

(何を云《い》い出すんだ、こいつは…!!)

「大丈夫《だいじょうぶ》ですか？　いま、布巾《ふきん》持ってきますね」

「だ…っ、誰《だれ》が綺麗だって…？」

「もちろん、弘樹さんです」

堂々と云いきられ、ぐったりと脱力《だつりょく》する。

「気持ちの悪いことを云うな！　それは男に使う形容詞じゃないだろう！」

「そうなんですか？　すみません、文系はちょっと苦手なので」

文系が苦手とかそういう問題じゃないだろう。弘樹は、ぐったりとソファーの背に体を預けた。

「でも、綺麗がダメなら何て云ったらいいんでしょうか……」

「何も云わんでいい！」

「……わかりました」

途端《とたん》にシュンとした顔になる。その様子を見ていた弘樹は、野分の頭についている見えない耳がしなしなと垂れていくような錯覚《さっかく》に襲《おそ》われた。

（別に悪いことしてるわけじゃないんだがな……）

どうも、野分相手だと調子が狂《くる》う。

やはり家庭教師は引き受けるのはよそう。いい加減な気持ちのままで家庭教師をしても身が入らないだろうし、論文だって二つも抱《かか》えている。こんな自分が受験生の面倒を見るなんて到《とう》底《てい》無理だ。

申し訳ない気持ちを抱《いだ》きながら、弘樹はおずおずと申し出た。

「……あのさ」

「はい」

間髪《かんはつ》入れずに元気よく返事され、気後《きおく》れしてしまう。

（いちいち調子狂《くる》うやつだな……）

そう思いつつも、軽い咳払《せきばら》いで気を取り直す。云うべきことは、曖昧《あいまい》にせずはっきりと口にしなくてはいけない。

「今日は他《ほか》に誰もいなかったから俺が来たんだけどさ。次からは違《ちが》うやつに来てもらうから」

「え？　どういうことですか…？」

切り出した言葉に、はっきりと見てとれるほど野分は顔色を変えた。そんな様子に罪悪感を覚えずにはいられなかったけれど、弘樹は敢《あ》えて心を鬼《おに》にする。

「俺も論文とかで忙《いそが》しいんだよ。俺なんかより、教えるの上手《うま》いやつ探しとくから――」

「嫌《いや》です」

「…嫌って、でも……」

「俺は弘樹さんがいいです」

きっぱりと云いきられ、言葉に詰《つ》まる。さっきのにこやかな表情から一変し、不思議なくらい必死に懇願《こんがん》してくる態度にたじろがされた。

「弘樹さんじゃなきゃ、嫌です」

「そんな…」

野分は何故《なぜ》、こんなにも自分に拘《こだわ》っているのだろう？　何か自分でなければいけない理由でもあるのだろうか？

一片《いっぺん》の曇《くも》りもない真摯《しんし》な瞳を向けられ、弘樹はさらに言葉に詰まってしまう。

「手間はかけさせません。時間も弘樹さんの都合に合わせますから」

「だったら、俺じゃなくてもいいだろう」

そこまで譲歩《じょうほ》できるなら、誰だっていいはずだ。自分に拘る必要性が感じられない。

「ダメなんです！」

「わけわかんねーよ。何で俺に拘るんだ？」

「それは……」

途端に野分は声を詰まらせた。どうしても、と云っているくせにその理由を教えられないとでも云うのだろうか？

「とにかく！　俺は今日しかできない。ほら、時間がもったいないからさっさと始め――」

「何でですか？」

「しつこいなお前も。何でって、さっき云ったろ。忙しいって」

聞いていなかったはずはないが、念押しするように先ほどはっきりと告げたはずの理由をもう一度口にする。すると、野分は真面目《まじめ》な顔をしたまま問いかけてきた。

「――俺がこの間、弘樹さんが泣いているのを見たからですか？」

「……っ」

図星を指された弘樹は、思わず息を呑《の》んだ。そんな弘樹に、野分は尚《なお》も畳《たた》みかけるように告げてくる。

「だから、俺と顔を合わせてるのが気まずいんでしょう？」

「そ、そんなんじゃねえよ！」

声を荒《あら》らげると、それすらも追及《ついきゅう》の材料にされてしまう。

「違《ちが》うのなら、どうしてそんなふうに怒《おこ》るんですか？」

「なっ……俺は…その……」

年下の、それも高校生に云い込められ、悔《くや》しさで頭に血が上る。ふざけるなと一喝《いっかつ》して帰ってしまいたくなったが、それでは尻尾《しっぽ》を巻いて逃《に》げ出すようなものだ。

「弘樹さん」

「……っ」

少しの反応も見逃《みのが》さないかのようにまっすぐに弘樹を正面から見つめる野分から、弘樹はいたたまれずに視線を逸《そ》らす。そして一呼吸置いて自分を落ち着かせると、ある提案を切り出すことにした。

「――じゃあ、こうしよう。ここに俺が選んできた問題集がある。明日までにこれを全《すべ》てやり終えることができたら、家庭教師を引き受けてやる」

そう云って、カバンの中から参考書と問題集を取り出す。

教える相手の学力の程度がわからなかったため数冊ずつ選んできたのだが、これを全てやるにはかなりの時間がかかるはずだ。

（それ以前に、こんな無茶なことを切り出されたりなんかしたら、さすがのこいつも引き下がるに決まってて――）

大学受験
入試対策100
数Ⅰ

「引き受けてもらえるんですか⁉」

途端に満面の笑《え》みになった野分に、思惑《おもわく》が外れた弘樹は息を呑む。

「こ、これが終わったら、だ。もしも、てきとうな答えを書いたり飛ばして解いてたりしたらその時点でアウトだからな」

「それ明日までに、全て解けばいいんですね？」

「いいか？　同じ問題集を買ってきて、答えを写すなんてことも考えるなよ。友達に手伝ってもらうのもナシだからな」

「そんなことしませんよ。ちゃんと自分で解きます。あ…でも、全問正解じゃないとダメってことないですよね？」

「そこまでは云《い》わんが、正解率が半分以下だったら家庭教師なんかじゃなくて予備校に行け。そんなやつの面倒《めんどう》なんて正直見てられん」

「わかりました」

野分はあくまで真剣《しんけん》な顔で返事をする。

（こいつ……正気か……？）

苦肉の策で申し出た賭《か》けだったけれど、野分は本気で乗ってくるつもりらしい。弘樹の予想では、そんなの無理だと泣きついてくるはずだったのだ。

この目の前に積まれた問題集の山が目に入っていないのか、それともこなす問題の量が把握《はあく》できないほどバカなのか。

しかし、教授は家庭教師をつける必要のないくらい学力に問題のない生徒だと云っていた。だとしたら、これを明日までにこなす自信があるとでもいうことか――？

（いや、でも量が量だしな）

やる気を出しているところ申し訳ないが、心配するほどのことじゃない。

「まあ、九割正解してたらお前の云うこと聞いてやるよ」

「本当ですか？」

「ああ、逆立ちでも何でもしてやろうじゃねーか。……ってお前、本気で全部できると思ってるのか？」

「わかりません。でも、弘樹さんに家庭教師をして欲しいですから、精一杯《せいいっぱい》頑張《がんば》ります」

「そ…そうか……」

野分のはきはきとした答えと眩《まぶ》しい笑顔に、思わず毒気を抜《ぬ》かれる。

弘樹はとんでもないやつと出逢《であ》ってしまったと、教授と自分の運命を呪《のろ》ったのだった。

「どうすっかな……」

◇

問題集を全て明日までにやったら家庭教師を引き受ける——昨日、やむなく告げた賭けのような言葉を、弘樹はいまになって後悔《こうかい》し始めていた。

あんなことを云った手前、何があろうと弘樹はもう一度、野分の家に行かなくてはならなくなってしまった。あの場を切り抜けるための方便を云ったつもりが、自分はその方便で墓穴《ぼけつ》を掘《ほ》ってしまったというわけだ。

しかし、あの膨大《ぼうだい》な量の問題集を野分が終わらせているとは思えない。もしそうなら、賭けは弘樹の勝ちとなる。その場合、自分は家庭教師を引き受ける必要はなくなるのだから、もう野分の家に行く必要がなくなるということに——。

（……ってことは、今日行かなくても問題はないよな？）

結果は確認《かくにん》するまでもない。家庭教師の代役は何人か声をかけておいたし、あとは教授のほうに話を通せばいいだろう。

そこまでして野分を避《さ》けるというのもやりすぎな気はしたけれど、弘樹としてはもう二度と顔を合わせたくはなかった。

自分が振《ふ》られて泣いている現場を目撃《もくげき》した唯一《ゆいいつ》の人物だからという理由も大きいけれど、何となく苦手なのだ。

あのようなタイプはこれまで弘樹の傍《そば》にはいなかったせいもあるかもしれないけれど、野分を前にしているとどうにも調子が狂《くる》うのだ。

自分のペースが摑《つか》めない相手と一緒《いっしょ》にいることに不安を感じずにはいられない。

そんなことをつらつらと考えながら、駅の階段を下りていたらふとすぐ近くで声がした。

「おかえりなさい」

「うわっ⁉」

声がしたほうに顔を向けた弘樹は、視界に飛び込んできた長身の学生服姿の人物にぎょっとした。

「考えごとをしながら歩いてると危ないですよ」

「なっ…何でこんなところにいるんだよ⁉」

まるで、弘樹の考えを見透《みす》かしていたかのような野分の行動に動揺《どうよう》する。そんな自分の考えをまさかと心の中で否定していると、野分は噴飯《ふんぱん》ものの台詞《せりふ》を口にしてきた。

「弘樹さんを待っていました。早く会いたくて」

「……っ」

柔《やわ》らかな笑顔で告げられた赤面ものの言葉に、弘樹は絶句する。少しはにかむ表情に、こっちの顔まで熱くなってきた。

端整《たんせい》な顔はどんな表情をしてもさまになる。同じ男だとわかっているはずなのに、弘樹は野分の姿に何故《なぜ》かドギマギとさせられた。

「これから、俺の家に行くところですよね？」

「あ、ああ…まあな……」

帰ろうと思っていたのを見透かされていたわけではなかったのだと、弘樹はほっと胸を撫《な》で下ろしながら曖昧《あいまい》な言葉を返す。

「じゃあ、一緒に行きましょう」

「………う…」

そうして成り行き上、並んで歩くことになってしまったわけだが、やはり気まずい。いったい、野分と何を話していればいいのだろうかと弘樹は頭を抱《かか》えたくなった。

そんな弘樹の悩《なや》みを余所《よそ》に、野分は楽しげに話しかけてくる。

「でも、よく考えたら、弘樹さん四年生だから、講義がない日もあるんですよね。駅で待っていても会えない可能性もあるのか……」

「そうだな」

「じゃあ、運命ですね」

「……っ！　ふふふざけたことを云ってるんじゃない！　だっ、だいたい、問題集は終わったのか!?」

恥《は》ずかしい言葉を吐《は》くその口を早く黙《だま》らせたくて、弘樹は声を荒《あら》らげた。このまま野分に好きに喋《しゃべ》らせていたら、こっちが羞恥《しゅうち》で憤死《ふんし》してしまう。

「はい」

「ほらな、やっぱり終わるわけが……って、え!?」

予想とは全く逆の答えに、一瞬《いっしゅん》頭の中が真っ白になる。

（ちょっと待て、いま『はい』って云ったのか…!?）

弘樹が昨日置いていったあの問題集を、本当に全《すべ》て終わらせたとでも云うのだろうか。嘘《うそ》をついている顔には見えないけれど、俄《にわか》には信じられない。

「宿題はちゃんと終わらせましたよ。さすがに多かったので、徹夜《てつや》しちゃいましたけど」

そう云う野分の下目蓋《したまぶた》には、うっすらと隈《くま》が浮《う》いている。眠《ねむ》そうな顔は元からだが、さすがに昨日よりか幾分疲《いくぶんつか》れているように見えた。

「そんなこと云って、てきとうな答えを書き込んでいったんじゃないだろうな……」

「ちゃんと解きましたよ。答えだって見てません。心配でしたら、いま確認して下さっても結構ですよ」

平然と告げられ、返す言葉もない。

弘樹は、野分のカバンの中から取り出した問題集の一つを手に取り、平静を装《よそお》ってページを捲《めく》っていく。宣言されていた通り、問題集は隅々《すみずみ》まできっちりと答えが書き込まれていた。

「……っ、できはどうだかな」

「自分では頑張《がんば》ったつもりなんですけど」

謙虚《けんきょ》な言葉とはうらはらに、開いたページにミスは一つもない。弘樹は慌《あわ》ててカバンの中から別冊でつけられていた解答集を取り出すと、他《ほか》のページの答えも見比べていった。

（おい、嘘だろ……）

確認した問題はどれも正解している上に、同じ解答集を入手して写した形跡《けいせき》は見当たらない。気づくと弘樹はその場に足を止めていた。

「どうですか？」

「さ…最後までやったことは確かみたいだな」

内心の動揺を押し隠《かく》し、そう答える。

「答えはどうですか？　合ってますか？」

「まあな、いま確認したところで間違《まちが》いは見つからなかった。だけど、他の科目もこうだとは限らないからな」

弘樹は自分に云い聞かせるように告げる。

（そうだ。たまたま得意科目だっただけかもしれないじゃないか）

その可能性に一縷《いちる》の望みをかけながら、弘樹は止めていた足を再び動かし始めた。

「あ、待って下さい」

気が急《せ》くばかりに歩調が速くなる弘樹を野分が慌てて追いかけてくる。やがて追いつき横に並んだ野分との歩幅《ほはば》の違いにも、弘樹は苛立《いらだ》ちを覚える。

ムキになって足を速めると、野分が困った様子で声をかけてきた。

「弘樹さん、どうしたんですか？　そんなに急がないでも時間はありますよ」

「うるさい」

結局、弘樹は野分の家に辿《たど》り着くまで、競歩をするように歩き続けたのだった。

「……お前、家庭教師なんて必要ないんじゃねーの？」

閉じた問題集の上に赤ペンを放《ほう》りながら、弘樹はため息交じりに告げる。

野分の部屋で答え合わせをしていった問題集は、赤い丸で埋《う》め尽《つ》くされた。文系は少し苦手なようだが、それも理数と比較《ひかく》したらの話だ。教授の云《い》っていた以上に学力に問題はない。

驚《おどろ》きを通り越《こ》して、ただ感心するばかりだ。

「そんなことありません。受験対策を一切《いっさい》していないので、そういう面が不安なんです」

「それこそ、予備校に行けよ。あっちは金儲《かねもう》けでやってんだから、受験ノウハウをばっちり教えてくれるぜ？」

投げやりに告げると、野分は表情を引きしめて弘樹の顔をまっすぐに見つめてくる。

「俺は弘樹さんがいいって云いましたよね？　それとも、弘樹さんは俺との約束を破るつもりなんですか？」

「そ、そういうわけじゃないけどさ……」

野分の悲しそうな瞳《ひとみ》が捨てられた大型犬のそれのようで、ちくちくと弘樹の罪悪感を煽《あお》ってくる。

「じゃあ、何でそういうこと云うんですか？」

「いや、その……」

「弘樹さんが家庭教師を引き受けてくれるって云うから、この問題集だって頑張ってやったんですよ？　俺は……っ」

（ああもう、こいつは…っ!!）

責められているのは弘樹のほうだというのに、まるでこっちが虐《いじ》めているような気分になってくる。

「わかったよ！　引き受けりゃいいんだろ、引き受けりゃ！」

「弘樹さん…！」

その瞬間《しゅんかん》、野分は人間はこんなにも嬉《うれ》しそうな顔ができるのかと感心してしまうほどの笑顔《えがお》で表情を綻《ほころ》ばせた。

「……っ」

眩《まぶ》しいくらいの笑顔に、弘樹の心臓は不整脈を刻む。バクバクと速まる鼓動《こどう》の理由もわからぬまま、心なしか体温も僅《わず》かに上昇《じょうしょう》しているような気がした。

「ありがとうございます」

「た、ただし、俺の都合に合わせてもらうからな」

黙って了承《りょうしょう》するのも癪《しゃく》だったため、わざと大きな態度を取る。賭《か》けに負けたのは自分のほうだというのに、野分はそれでも嬉しそうに微笑《ほほえ》んだ。

「はい。弘樹さんが教えてくれるなら、何でもします！」

「手間はかけないって云ったよな？　教え方はスパルタのみ。覚えが悪いようなら、すぐやめるからな。あと、時間は俺に合わせてもらう」

「はい」

「それからここまで来るのが面倒《めんどう》だから、次からはお前がウチに来い」

「え？　いいんですか？」

弘樹の言葉に、野分は軽く目を見張った。

「何がだ」

戸惑《とまど》いを見せる様子を不思議に思っていると、野分ははにかみながらその理由を口にする。

「弘樹さんちに招待してもらえるなんて思ってなかったから嬉しいです」

「ばっ…いちいち仰々《ぎょうぎょう》しい言葉を使うな！」

あまりに喜ばれてしまい、妙《みょう》にバツの悪い気分になる。招待というほど、大仰なものではないというのに。

弘樹の住むアパートは、駅と野分の家の中間あたりに位置している。今日歩いてきた道を途《と》中《ちゅう》で脇《わき》に逸《そ》れたところにあるため、自分がここまで来るよりも野分に学校帰りに寄ってもらったほうが効率がいい。ただ、それだけの理由なのだ。

「汚《きたな》い部屋だから覚悟《かくご》しとけよ」

「わかりました、覚悟しておきます」

「このバカ！　そこは気にしませんっつーのが礼儀《れいぎ》だろうが!!」

真剣《しんけん》な面持《おもも》ちで頷《うなず》く野分の頭を、堪《たま》らず平手ではたいてしまう。この素直《すなお》すぎるところは、些《いささ》か問題だ。

「あ、すみません」

「…ったく……」

何だか、どっと疲れてしまった。こんな調子で、野分の家庭教師は上手《うま》くいくんだろうか？

いや、上手くいくも何もいったい自分は何を教えればいいのだろう。

「お前、志望はどこなんだ？」

「N大の医学部です」

「へえ……って、医学部!?」

弘樹に家庭教師の依頼《いらい》が来るくらいなのだから、文学部志望だとばかり思っていた。

(おいおい、専門が違いすぎるだろうが……)

紛《まが》いなりにも国文専攻《せんこう》の人間として、現代国語や古文漢文を教える自信は充分《じゅうぶん》にある。英語もそれなりに得意なほうだ。

しかし、理数系となるとさっぱりだ。下手をすると野分のほうができるのではないだろうか。

こうして弘樹が一人悩《なや》んでいても埒《らち》が明かないと思い、ストレートに訊《たず》ねてみることにした。

「それで、お前は何を教えて欲しいんだ…?」

「できたら英語を。あと、現国の長文読解が苦手なのでその辺を教えてもらえたら……」

「わかった。次までにテキストを揃《そろ》えておく」

得意分野を指定され、内心ほっと胸を撫《な》で下ろす。何から教えていこうかと、頭の中であれこれとシミュレーションしていると、野分がおずおずと呼びかけてきた。

「あの、弘樹さん」

「何だ?」

妙にそわそわとした表情を不思議に思い、首を傾《かし》げる。野分は逡巡《しゅんじゅん》する様子を見せたあと、ようやく口を開いた。

「この間、九割正解してたら何でも云うこと聞いてくれるって云ってましたよね？」

「……っ!! あ、ああ。云ったな……」

逆立ちでも何でもしてやると、つい口走ってしまったことを思い出す。軽口の延長で云った自分の言葉を、弘樹はいまのいままで忘れきっていた。

わざわざ確認《かくにん》してくるということは、何か弘樹にさせようということだろうか。

あれだけの量の問題集を課した自分に、仕返しのようなものを考えているのかもしれない。

口は災《わざわ》いの元と、先人はよく云ったものだ。

「いまは思いつかないんで、あとに取っておいていいですか？」

内心、びくびくとしていた弘樹は野分の申し出に胸を撫で下ろした。

「別に構わないぜ。思いついたときに云えよ」

何をさせられるのかと怯《おび》えていることなどおくびにも出さず、弘樹は大見得を切る。こんなとき、見栄《みえ》っ張りな自分の性格が恨《うら》めしくなる。

「ありがとうございます」

「で、今日はどうする？ 俺の用意した問題集は全部やっちまったからな……」

まさか、本当に全部こなしてしまうとは思っていなかったため、今日は何も用意してきていないのだ。

そもそも、弘樹が教えることはあまりない気がする。志望校の入試問題の傾向《けいこう》に合わせて応

用問題をこなさせていくことと、やや苦手傾向にある英語の長文翻訳《ほんやく》を繰《く》り返しやらせること
くらいしか思いつかない。

「俺のほうも、今日からお願いしますって云《い》いたいところなんですが——さすがに眠《ねむ》くなっ
てきました。ほっとしたら気が抜《ぬ》けてしまったみたいで」

「ああ、そうか」

（徹夜《てつや》、したんだっけか……）

弘樹に家庭教師を頼《たの》みたい、その一心で。

バカだなと思うと同時に、愛《いと》おしさのようなものが込み上げてきた。自分の何が気に入った
のかはわからないけれど、こうまで必死になられて悪い気はしない。

「じゃあ、今日は寝《ね》ちまえ。ウチまでの地図は描《か》いておいとくから。あと、鍵《かぎ》どこだ？　帰る
とき、鍵かけといてやるよ」

「弘樹さん、もう帰っちゃうんですか？」

「お前が寝てんのに、いても仕方ないだろうが」

「あ、そうか……」

「もう目が半分閉じてるぞ。いいから寝ろ」

「はい……」

のろのろと立ち上がった野分は、弘樹に云われるがままにベッドに横になる。本当に眠かっ

たらしく、野分の目蓋《まぶた》はすぐにくっついてしまい、やがて規則正しい寝息が聞こえてきた。

「……ったく」

何度目かわからない呟《つぶや》きと共に、口元に笑みが浮《う》かぶ。野分の無邪気《むじゃき》な寝顔に、苦笑《くしょう》を誘《さそ》われた。

妙なやつに懐《なつ》かれてしまったと戸惑いはまだ残っているけれど、不思議と不快な気持ちはない。

みっともないところを見られた相手だからと一方的に感じていた気まずさも、気づけばどこかに消え去っていた。

それもこれも、野分の性格のせいだろう。素直で頑固《がんこ》でまっすぐで。弘樹がいままで出逢《であ》った中で、こんなタイプは本当に初めてだ。

(本当に犬みたいなやつだよな)

寝顔を見ているうちに込み上げてきた苦笑はくすくすという笑いに変わり、しばらくは収まりそうになかった。

◇

それからというもの、月水金と週に三回、弘樹は野分の家庭教師をすることになった。場所は一人暮らしをしている弘樹の部屋。野分の家まで行くのが面倒だからと言ったら、塾《じゅく》通いよろしく野分が弘樹の家まで通ってくることになったのだ。

約束の日はいつも、野分は忠犬よろしく駅で自分が帰ってくるのを待っている。そうして、弘樹の姿を見つけると、あの満面に笑《え》みを浮かべるのだ。

（どうも、あれに弱いんだよな……）

あんな邪気《じゃき》のないまっすぐな好意を向けられるのは初めてだった。

野分のそれは恋愛《れんあい》としてのものではないはずだが、彼の打算も計算もない言葉や反応に、弘樹は戸惑わされてしまうことが多かった。

素直で一生懸命《いっしょうけんめい》な姿を見ていると、振《ふ》られたところや泣いているところを見られたからといって、あれこれと難癖《なんくせ》をつけて家庭教師から逃《のが》れようとしていた自分が情けなくなる。

スパルタだからなと初めに云っておいたけれど、野分は基礎《きそ》学力も申し分なく、飲み込みも早い上に真面目《まじめ》で出した課題はきっちりとこなし、予習もちゃんとしてくる。弘樹の用意するテキストが追いつかないくらいに。

最近では、そんなふうに一生懸命に勉強をしようとしている野分に対する自分の家庭教師としての姿勢を反省する日々が続いていた。

「お前なぁ、いっつも駅で待ってなくていいんだぞ？」

階段を数段残したところで足を止め、弘樹は野分の頭上から呆《あき》れた口調で声をかける。横に並ぶと、見上げる格好になるのが悔《くや》しいからだ。

「あっ、弘樹さん。おかえりなさい」

声に反応して振り向き、弘樹の顔を見た途《と》端《たん》、野分の顔がぱっと輝《かがや》いた。

野分を見ているとどうしても、見えない耳がピンと立ち、見えない尻尾《しっぽ》がぶんぶんと大きく振られているような錯覚《さっかく》を覚えてしまう。

野分の喜ぶさまを意識するとむず痒《がゆ》くなってくるため、それを見ないようにしながら、これまで何度も云った言葉を弘樹は繰り返した。

「次からは家で待ってろ。鍵の隠《かく》し場所教えてあるだろう」

「でも、弘樹さんと一緒《いっしょ》に帰りたいんです」

「たった十分の距離《きょり》だろう。それより、こんな時期に風邪《かぜ》引いたらどうすんだ？　俺が親御《おやご》さんに顔向けできなくなるだろうが！」

「だけど俺、体だけは丈夫《じょうぶ》だから平気です」

「でももだけどもナシ！　いいから、云うことを聞け!!」

「はい……」

途端に、見えない耳と尻尾が垂れ下がる。

(別に虐《いじ》めてるわけじゃないんだが……)

この大きな体にしょぼんとされると無性《むしょう》に悪いことをした気分になる。

黙《だま》ってトボトボと歩く様子にいても立ってもいられなくなり、珍《めずら》しく弘樹のほうから声をかけた。

「……お前、何で予備校に行くのが嫌《いや》なんだ?」

「え?」

「訊《き》いてみただけだ。家庭教師やめたいって話じゃないから安心しろ」

野分の耳がさらに垂れた気がして、弘樹は慌《あわ》てて云い繕《つくろ》う。

「何か、ああいう雰囲気《ふんいき》が苦手なんです。自分以外は敵、みたいなピリピリした空気の中にいると息苦しくて……」

際立《きわだ》って成績のいい野分の場合、向けられる嫉妬《しっと》や羨望《せんぼう》の眼差《まなざ》しも強いのだろう。ぼんやりしているように見えて、その実聡《さと》い野分には、そこにいることだけでも苦痛に感じるのかもしれない。

いまの野分の学力ならN大の医学部は余裕《よゆう》で合格できるだろう。それどころか、国内最高峰《さいこうほう》の国立大学だって合格圏内《けんない》だ。正直なところ、予備校も家庭教師も必要ない。つまり、本当ならば家庭教師である弘樹の存在も必要ないのだ。

「本当は家庭教師の件も少ししたらお断りするつもりだったんです。母親が心配して、勝手に頼んだことだったので」

「じゃあ、何であんなにしつこく食い下がってきたんだよ」

「だって、それは――」

野分は何故《なぜ》か云いかけた言葉を途中《とちゅう》で飲み込んでしまう。

「何だよ?」

「やっぱり、内緒《ないしょ》にしておきます」

「おい、云いかけといて途中でやめんなよ。気になるだろうが」

「すみません。いま云ったら、勉強どころじゃなくなりそうだし。あ、そうだ。せっかくだから、N大に受かったら云いますね」

口では謝りながらも、野分は言葉の続きを云うつもりはないらしい。

大学受験の合否が出るのは来年の話だ。そこまで引っ張らなければならないような理由があるのだろうか?

「受からなくていいから、いま云え」

「酷《ひど》いですよ、受験生に向かって」

「お前が気を持たせるようなこと云うからだろ!」

「……でも、本当に受験が終わったらちゃんと伝えますから。それまで、待っててもらえますか？」

「な、何改まって云《い》ってんだよ」

そんな云い方をされると、まるで告白されてるみたいだと弘樹は思った。おまけに、向けられる漆黒《しっこく》の瞳《ひとみ》に自分の顔が映っていることに気づいた瞬間《しゅんかん》、なぜか体温が急上昇《きゅうじょうしょう》してしまう。

（な、何だ、これ……）

心臓の鼓動《こどう》が指先まで伝わるほどうるさく鳴り響《ひび》いている。初めての感覚に弘樹は動揺《どうよう》し、うろうろと目を泳がせた。

「俺、本当に家庭教師に来てくれたのが弘樹さんでよかったと思ってます。押しつけがましくないし、俺のペースに合わせて教えてくれるから凄《すご》くやりやすいし」

「そりゃ、どうも」

ストレートに褒《ほ》められ、ますますどう反応していいかわからなくなる。

ペースに合わせるも何も、生徒が優秀《ゆうしゅう》すぎてこっちが急《せ》かされてるくらいだ。

論文そっちのけで野分に課するテキストを選んだり、医学部の知人に受験ノウハウを訊《たず》ねたりしてるだなんて、プライドにかけて知られるわけにはいかないけれど。

（つーか、何で俺はこんなにムキになってカテキョしてんだ？）

野分が一生懸命だからということもあるだろうけれど、自分の時間を削《けず》ってまで勉強を教える必要なんてどこにもないというのに。

自分のことなのに、何が何だかわからない。

「弘樹さん、どこ行くんですか？」

「へ？」

何故か並んで歩いていた野分の声が後ろから聞こえてきた。不思議に思って振り向くと、野分はもっと不思議そうな顔をしていた。

「アパート通りすぎてますよ？」

「……っ、ちょっとぼーっとしてたんだよ！」

考えごとに没頭《ぼっとう》していたせいで、自分のアパートの前をとうにすぎていたことに気づかなかった。自分らしくない間抜《まぬ》けなミスに、弘樹は恥《は》ずかしさで顔が熱くなる。

慌てて引き返し、アパートの階段を早足で上がっていく。部屋の鍵《かぎ》を出そうとジャケットのポケットを探《さぐ》るけれど、焦《あせ》っているせいかなかなか見つからない。

「鍵はズボンのポケットじゃないですか？」

「わかってるよ！」

自分で見つけるよりも早く、野分に鍵のありかを指摘《してき》される。今日の自分の抜けっぷりに、今度は弘樹のほうが落ち込んだ気分になってきた。

「疲《つか》れてるんですか？　やっぱり、俺が無理云ってるから……」

「違《ちが》うって。論文のこと考えてただけだから気にすんな」

まさか、野分のことを考えていたなんて云えるわけがない。しかし、論文のことも考えていたのだから、嘘《うそ》をついていることにはならないだろう。

（つか、何で俺が野分のフォローなんかしてんだ？）

以前の弘樹なら、無理云ってる自覚があるなら家庭教師をやめさせてくれとでも云っていただろう。

複雑な思いを抱《かか》えながら鍵を開け、狭《せま》い室内に野分を招き入れる。決して広くない1Kのこの部屋に野分が入ると、ますます狭く感じる。しかし、飲み会のあとなどに友人を泊《と》めたりするとむさ苦しく感じるけれど、野分と二人でいても何故かそういった不快感は少しもない。

（こいつ、行儀《ぎょうぎ》いいしな……）

男特有のだらしなさは少しもなく、弘樹が採点している間など率先《そっせん》して溜《た》まっている洗い物を片づけてくれたりする。きっと、家庭での躾《しつけ》がよいのだろう。

「弘樹さん、俺の顔に何かついてます？」

「あっ、いや別に…あっ、いまコーヒー淹《い》れるな！　体冷えてんだろ」

無意識のうちに野分の顔を凝視《ぎょうし》していたらしい。やはり、最近の自分はどうかしてる。玄関《げんかん》から続くキッチンに立ち、やかんを手に取ると野分の手が横から伸《の》びてきた。

「それなら、俺がやっときます。弘樹さんは宿題の採点していて下さい。カバンの中に入ってますから」

「お、おう」

野分は手慣れた様子でやかんを火にかけ、上の戸棚《とだな》からマグカップを二つ取り出す。すっかり自分の家に馴染《なじ》んでしまった野分を複雑な気持ちで横目で見ながら、云われた通り、野分のカバンの中から課題として渡《わた》しておいた過去のN大入試の問題集を取り出した。

胸ポケットに入れてあった眼鏡《めがね》を無造作にかけ、ローテーブルに広げた問題集をいつものように答え合わせしていく。

(……っとに、ムカつくくらい合ってんな)

英単語のケアレスミスすら見当たらないと、自分の家庭教師としての存在意義に疑問を感じてしまう。唯一《ゆいいつ》の弱点であった長文読解も弘樹がコツを教えてからは、すっかり得意分野になってしまったかのようだ。

「どうですか？　答え合ってます？」

「全問正解だよ。お前、志望校変えたらどうだ？　N大じゃもったいない。国立の医大に拘《こだわ》ってんなら、T大の医学部だっていいじゃねぇか。お前なら現役《げんえき》で行けると思うぞ」

キッチンからの声に、振《ふ》り返って告げる。野分の頭なら、どの大学だって合格圏内だ。

「担任の先生もそう云ってました」

「何でN大なんだよ。まさか、近いからとか云わないだろうな」

「まあ、それもありますけど」

「それもって、何が理由なんだよ」

N大の医学部に著名な先生がいるという話も聞いたことがない。野分は何故《なぜ》、わざわざN大を志望しているのだろうか？

やがて、お湯が沸騰《ふっとう》したことを知らせるやかんの鋭《するど》い音が聞こえてきた。野分はインスタントコーヒーを溶《と》かしたマグカップを運んできながら、何気なく話しかけてくる。

「弘樹さん、論文の調子はどうですか？」

「ぼちぼちだよ。卒論のほうは目処《めど》がついてるんだが、もう一つがな……」

正直なところ、進捗《しんちょく》状況《じょうきょう》はあまりはかばかしくはない。論文に手をつけようとしても、何故だか野分のことが気になってしまって、思うように進まないのだ。

書店に行っても、ついつい参考書コーナーへと真っ先に足を向けてしまう。

「じゃあ、一つはもうすぐ終わるってことですよね。凄いじゃないですか」

「凄かねぇよ。俺は就活もなかったし、そのぶんそっちやってただけだ」

「弘樹さんは何になりたいんですか？」

「何にってガキに訊《き》くみたいに云うなよ。一応、研究者になりたいとは思ってるけど、どうだろうな。それだけで食ってくのは難しいって云うし、甘い考えなのかもしれないがな」

同級生たちがモノトーンのスーツを着て靴底《くつぞこ》を磨《す》り減らしている間、自分は図書館で本をひたすら読み、古書店街を歩き回っていた。

弘樹の選んだ研究者の道にだって苦労がないわけではないけれど、疲れた様子を見せて愚痴《ぐち》る友人を見ていると罪悪感を覚えることもある。

自分は本当にこれでいいんだろうかと、一旦《いったん》は決意した将来に迷いを感じることさえ――。

「そんなことありません。それだって夢を追いかけていることに変わりないです。弘樹さんは凄いと思います」

「……っ、恥ずかしい台詞《せりふ》吐《は》くなっつってんだろ」

野分のストレートで衒《てら》いのない言葉は未《いま》だに慣れることができず、ついつい照れ隠《かく》しに乱暴な言葉で混ぜっ返してしまう。弘樹には、野分の純粋《じゅんすい》さが眩《まぶ》しすぎるのだ。

「すみません、自分じゃよくわからなくて」

「ったく……」

悪態をつきながらも、自分の心が軽くなっていることに弘樹は気づいた。

自覚していた以上に迷いを抱えていたのかもしれない。野分の一言が、ぐるぐると同じところばかりを巡《めぐ》っていた気持ちを楽にしてくれたのだ。

じんわりと温かくなった胸のあたりをそっと手の平で押さえてみる。

(やっぱり、敵《かな》わないな)

弘樹は野分に気づかれないよう、小さく苦笑いを零《こぼ》した。

「研究者ってことは大学の先生になるってことですか？」

「ああ、まあな」

できることなら、院に進んだあとも大学の研究室に残りたいと思っている。そうすれば、学生への講義という義務はついてくるけれど、研究環境《かんきょう》は保証される。

「じゃあ、弘樹さんにはピッタリですね」

「俺に？　周りの連中は誰《だれ》もそんなこと云《い》わねぇぞ」

こんな粗忽者《そこつもの》で教える側になど立てるのかと口さがない友人によく云われているくらいだ。

「その人は弘樹さんのことをよく知らないだけですよ。教え方も上手《うま》いし、丁寧《ていねい》だし、弘樹さんなら絶対にいい先生になれますよ。俺だったら、弘樹さんにはずっと家庭教師をしていてもらいたいです」

「ほ、褒《ほ》めたって何も出ねぇぞ」

素直《すなお》に礼を云えばそれですむことなのに、どうしても弘樹は憎《にく》まれ口を叩《たた》いてしまう。そんな態度に自己嫌悪《けんお》しつつ野分の様子を窺《うかが》うと、相変わらずにこにこと穏《おだ》やかに微笑《ほほえ》んでいた。

「何もいりませんよ。弘樹さんがこうして教えてくれてるだけで充分《じゅうぶん》です。あ、でも――」

野分は何かを思い出したかのように、言葉を切った。

「何だ？」

「弘樹さん。前に云ってた『何でも云うこと聞いてくれる』ってやつ、まだ有効ですか？」

「へ？　あっ、ああ」

思わず頷《うなず》いてしまってから後悔《こうかい》する。もう期限切れだとでも云えば、何もせずにすんだろうに。こうして、わざわざ確認《かくにん》してくるということはそれ相応のことを云うつもりに違《ちが》いない。

しかし、口先で逃《に》げるのも弘樹の性《しょう》には合わない。心の中とはうらはらに、つい大見得を切ってしまう。

「な、何でも云ってみろよ。お前のカテキョで懐《ふところ》も潤《うるお》ってるしな！」

「あの、今度書店につき合って下さい。参考書が欲しいんですけど、どれがいいのかよくわからなくて。だから、弘樹さんに一緒《いっしょ》に選んで欲しいんです」

あまりに無欲な頼《たの》みごとに、弘樹は拍子抜《ひょうしぬ》けした。

改まった態度で云ってくるから覚悟《かくご》を決めていたのに、そんな程度のことだとは。あとから何か追加されるのではと、思わず念を押してしまう。

「……そんなことでいいのか？」

「はい」

「本当にそれだけでいいんだな？」

「はい。あ、弘樹さんの都合が悪ければ無理にとは云いませんけど」

何度も確かめると、野分の言葉尻《ことばじり》が弱くなっていく。そんな様子がおかしくて、弘樹はぷっと噴《ふ》き出してしまった。

「書店行くらいの都合なら、いつでもつくから安心しろ」

「じゃあ……！」

弘樹の言葉に、野分は瞳《ひとみ》を輝《かが》やかせる。ほっとしたような嬉《うれ》しいような、そんな表情を浮《う》かべていた。

「次の日曜でいいか？　この辺のより、隣《となり》の駅前の書店のほうが色々揃《そろ》ってるから、そこ行ってみよう。それだけってのも味気ないから昼飯くらい奢《おご》ってやるよ」

籠《こ》もってばかりでは精神的な健康にも悪い。たまには息抜《いきぬ》きも必要だろう。そう思っての言葉だったが、今度は野分のほうが弘樹に確認を入れてくる。

「本当にいいんですか…？」

「年上にたまにはいい格好させろよ。お前頑張《がんば》ってるし、そのご褒美《ほうび》だと思っとけ」

「はい！」

たかが食事一つでここまで喜ばれると、むず痒《がゆ》い気持ちになる。だけど、野分の笑顔を見ていると自分まで嬉しくなってしまうのだから不思議だ。

「待ち合わせは、S駅前の噴水《ふんすい》の前でいいか？」

そこなら行き慣れていない人間でも、場所がわかりやすいはずだ。ただ、それだけの配慮《はいりょ》だったのだが、野分はとんでもないことをはにかみながら口にした。

「わかりました。——何だか、デートの待ち合わせみたいですね」

「ばっ……バカなこと云ってんなよ、男同士で！」

コーヒーを口に含《ふく》んでいなくて、本当によかった。危《あや》うく琥珀《こはく》の液体を机中に吹《ふ》きかけてしまうところだった。

「そうですよね、すみません」

「ったく……」

ボケているのは仕方ないとしても、天然にもほどがある。

もう少し、空気を読んで発言して欲しいものだ。そんなあてのない希望を胸に抱《いだ》いていると、早速《さっそく》期待を裏切る問いかけをされる。

「弘樹さん、いま彼女はいるんですか？」

「……お前、それは嫌味《いやみ》か？　あんとき、しっかり見てたくせに」

どうして、弘樹が自分でこんなことを云わねばならないのだ。あの日、駅で流した涙《なみだ》のことだけは一刻も早く忘れてしまいたいというのに、わざわざ思い出させるな。

「あ……すみません……」

「謝るな、バカ。もっと情けなくなるだろうが。別に引き摺《ず》ってるわけじゃないから気にすんじゃねーよ」

「でも、あのとき泣い――てっ！」

右手を握《にぎ》りしめて、野分の頭に振《ふ》り下ろす。見事にヒットした拳《こぶし》は、ゴンッとかなりいい音

を立てた。

「それ以上云ったら殴《なぐ》るぞ！　あれは泣いてたんじゃなくて、目にゴミが入ったんだ!!」

「云わなくても殴ってるじゃないですか……」

「おら！　いつまでも無駄口《むだぐち》叩《たた》いてないで勉強するぞ。本業は受験生なんだからな」

ビシリと云い放つと、野分は口元を引きしめる。

気持ちが緩《ゆる》みかけていた自分にも活を入れるため、弘樹は自分の頬《ほお》を挟《はさ》むように、ぱしんと両手で叩いたのだった。

◇

「それじゃあ、今日はここまで」

担当教授の一言と共に、教室内の空気がふっと緩む。必修でもないこの講義は教授の厳しさからあまり人気がなく、純粋《じゅんすい》に講義内容に興味があるか、卒業を前に単位の足りない切羽詰まった状況にある学生のどちらかしかいない。

数少ない学生の中でいつものように最前列で講義を聴《き》いていた弘樹がノートなどをカバンにしまっていると、背後から呼びかけてくる声がした。

「よ、中條」

「木村《きむら》か。何だ？　またノートか？」

振り返ったそこにいたのは、弘樹をよく合コンに引っ張り出す友人だった。別れた彼女と出逢《であ》ったきっかけとも云える人物だった。

「さすが中條！　察しがよくて助かるよ～」

「A定食の食券一枚。いつまでもタダでコピー取らせると思うなよ」

「わかってるって。何なら、ライス大盛りもつけてもいいぜ」

その調子のよさにため息をつきつつ、弘樹は苦言を呈《てい》する。

「いい加減、ちゃんと来いよ。今日で遅刻《ちこく》三度目だろ？　お前、次遅《おく》れたらヤバイんじゃないのか？」

「実はそうなんだよなー。遅刻四回で、単位なしだなんて厳しすぎるよ。だいたい、一限目って起きられねーんだよ。バイトも遅《おそ》くまで入ってるしさ」

「卒業かかってるんだから、しばらく時間減らしてもらえばいいだろうが」

「そしたら、バイト代減るだろ！　いまのうちに稼《かせ》いどかないと、冬休み遊べねーじゃん。クリスマスもあるし、スノボも行きたいし。あ〜っ、さくっと稼げる割のいいバイトどっかに落ちてねーかな…」

「知るかそんなこと」

いったい、バイトと大学とどっちが大事だと思っているのか。その道で働くつもりで、バイトをしているというのなら弘樹も咎《とが》めはしないのだが、彼にとって大事なのはそこで稼ぐ金であって、仕事内容ではない。

しかも、その金の使い途《みち》が遊ぶことだと云われれば、もう呆《あき》れ返るばかりだ。

「そういや、中條、いまカテキョやってんだって？　田中教授に押しつけられたって聞いたけど、マジでやってんの？」

「ああ、まあな」

「大丈夫《だいじょうぶ》かよ、お前がカテキョなんて。相手の高校生ビビらせてんじゃねーだろうな。お前、見た目はいいけど無愛想《ぶあいそ》だからな〜」

「余計なお世話だ」

自分でも気にしていることを云《い》われ、カチンとくる。

愛想がないことも、喋《しゃべ》りがそっけないことも自覚しているし、他《ほか》の友人にも同じようなことを云われた。

金をもらって教えている立場の割に、野分に対して横柄《おうへい》な態度を取っているような気もしないでもないが、教えることに関しては一切《いっさい》手を抜《ぬ》いてはいない。

それにこの間だって、野分には教え方が上手《うま》いと褒《ほ》められたくらいなのだ。お世辞も入っていたかもしれないけれど、不満を持っていたらこれからも家庭教師を続けて欲しいとは云わないだろう。

「教えてる子が優秀《ゆうしゅう》で楽な仕事だって聞いたぞ。それにすっげ割がいいってのはホントかよ」

顔を近づけ、声を潜《ひそ》めて聞いてくるところを見ると、本題はこれだったらしい。どうしてこうも、下世話な話が好きな人間が多いんだろう。

「いや、そうでもない。すぐこなしちまうから、テキスト探すのも面倒《めんどう》だし中途半端《ちゅうとはんぱ》な時間が潰《つぶ》れるから、その日は他に何もできないしな」

期待に添《そ》えない答えを、弘樹はそっけなく口にする。

手を抜こうと思えばできるのだろう。しかし、一度引き受けた以上、いい加減な気持ちでやるわけにはいかない。

それに野分が待ってるかと思うと、大学の帰りに寄り道すらできないのだ。そのお陰《かげ》で日課だった古書店街巡《めぐ》りはこのところお預けになっていた。

「へえ、そうなんだ。お前が乗り気じゃないって聞いたから、何なら代わってやろうかと思ったのにさ。で、今日もあんの？」

「今日は入ってない」

「だったら、飲みに行かね？　今日はD大の友達が女の子連れてきてくれるって云ってるんだけどさ、こうぱーっと気晴らしにどうよ。あそこの女子、カワイイ子多いって有名だろ？　もう、すっげ楽しみでさぁ」

卒業も危ないというのに、どうしてこうも気楽でいられるんだろう。少しくらい、危機感を持ってもよさそうなものなのだが。

「やめとく。今日は論文進めておきたいんだ。このところ、全然手ぇつけられてないから。あとは家庭教師で使うテキストも探しておきたいし」

思っているようなものが見つからない場合には、問題を自作することもある。そんなことまでしているから論文が進まないのだろうけれど、それを不満には思っていない。

押しつけられた当初は代理を探そうとしていたことは事実だ。しかし、いまとなっては野分の家庭教師を他の誰《だれ》かに交代してもらいたいとは考えなくなっていた。

野分の熱意に押されたこともあるし、二人で過ごす時間が心地《ここち》よくなってきているせいもある。どうしてだかわからないが、野分の前だと不思議と自然体でいられるのだ。

「んだよ、つまんねぇな。そんなんだから、振られるんだよ中條は」

「余計なお世話だ」

やはり、ここにも弘樹が振られた話が伝わっているらしい。

知られて困るようなことでもないから構わないけれど、こうもあけすけに云われるとさすがにムッとしてしまう。

弘樹を慰《なぐさ》める当人はもっとつき合いのサイクルが短いくせに、自分のことは棚上《たなあ》げだ。云い返したくなったけれど、ここは自分が大人になるべきだとぐっと我慢《がまん》した。

「中條が来るっつーと、女の子の集まりがいいんだよな。それとも何か？　教えてる子が超《ちょう》可愛《かわい》いから、余所見《よそみ》してる余裕《よゆう》がないとか？」

生徒を落とそうと狙《ねら》ってるのだろうと勘《かん》ぐられ、弘樹は鼻先で笑った。確かに野分には素直《すなお》で可愛いところはあるけれど、女の子のそれとは違《ちが》いすぎる。

「ばーか、男だよ相手は」

「男？　なーんだ、そういうの面倒くさがりそうなくせに、やけに真面目《まじめ》にやってるから何か裏があると思ったのに」

本心からガッカリした様子を見せる友人に、つい笑いが零《こぼ》れた。

「俺は元から真面目だっつーの」

「そうだけどさ。何て云うか楽しそうっつーかさ、浮《う》かれてるように見えたから」

「……そうか？」

（楽しそう？　俺が？　いったい、どこが浮かれて見えるって云うんだ）

あの面倒くさいばかりの家庭教師が楽しそうだって？

意外な指摘《してき》をされ、弘樹は戸惑《とまど》いを覚える。野分の家に行った初日のような重たい気分はあれ以来ないけれど、浮かれているつもりは少しもない。

だいたい、家庭教師で浮かれるも何もないだろう。何気なく云われた言葉に動揺《どうよう》する自分を知り、弘樹は自分から話題を逸《そ》らす。

「それより、俺は次の時間は空きだけどお前は講義あんだろ？　行かなくていいのか？」

黒板の上にかけてある時計を視線で指し示しながら告げると、相手ははっとした様子で顔色を変えた。

「やべっ、次の講義、第三であるんだった！」

第三校舎といまいる第一校舎はキャンパスの端《はし》と端に位置している。走ってもかなりの時間がかかるため、いまから向かうとなると講義時間ギリギリになってしまうだろう。

「この期《ご》に及《およ》んで、単位が足りなくて留年なんて真似《まね》すんなよ」

「るせえ！　何が何でも卒業してやるよ！」

そんな捨て台詞《ぜりふ》を残して、わたわたと教室を出て行く背中を見送る。

ようやく静かになった教室で、弘樹はやれやれと一息ついた。悪いやつではないのだが、噂《うわさ》好きなところがあるため一緒《いっしょ》にいて疲《つか》れてしまう。

どうしていつも、あんなにハイテンションでいられるのかも理解はできないが、純粋《じゅんすい》に凄《すご》いなと感嘆《かんたん》することはある。

それにしても『楽しそう』などと形容されるとは思ってもみなかった。

(まあ、楽しくないとは云わないけど)

あそこまで飲み込みがいいと、教えているこっちも燃えてしまう。だから、半ばムキになって野分のためのテキストを探したり、問題を作ったりしてしまうのだろう。

そんな自分を顧《かえり》みると苦笑《くしょう》が漏《も》れる。さっき云われた『楽しそう』という言葉は、いまの自分を的確に表現しているのかもしれない。

「さてと」

こんな場所でぼんやりしていても時間の無駄《むだ》だ。空き時間を有意義に使うべく、大学内にある図書館に向かうため、弘樹はカバンを手に教室をあとにした。

◇

駅前の噴水《ふんすい》前に立った弘樹は左手に嵌《は》めた腕時計《うでどけい》に目を落とし、ため息を一つついた。約束の時間まで、まだあと二十分もある。

今日はただの買い物だというのに、何故《なぜ》か早く目が覚めてしまった上に二度寝《にどね》すらできず、朝から妙《みょう》にそわそわした気分が抜《ぬ》けないまま、野分と約束した時間よりもかなり早くに着いてしまった。

（つーか、何浮《う》かれてんだ俺は……）

足下《あしもと》のタイルを爪先《つまさき》で蹴《け》りながら、心の中で悪態をつく。これでは、初めてのデートに浮かれる中学生じゃないか。

いや、初めてのデートのときだってこんな気持ちにはならなかった。それなりに緊張《きんちょう》はしたけれど、面倒だなという気持ちのほうが大きかった気がする。

ぼんやりと考えごとをしていた弘樹の視界が陰《かげ》ったかと思うと、幾分《いくぶん》息を切らせた野分の声が聞こえた。

「おはようございます…っ」

「おう」

「すみません、待たせてしまいましたか？」

どうやら、駅を出たところで弘樹の姿を発見した野分は、自分が遅《おく》れたものだと思ってここまで走ってきたらしい。

顔を上げた弘樹は初めて見る野分の私服姿に、不本意ながらドキリとしてしまった。

ジーンズに黒のタートルネックのセーターというシンプルな格好に、寒さを凌《しの》ぐために巻いているのであろうオフホワイトのマフラーという出《い》で立ちは体格のいい長身によく似合っている。

（……って、ちょっと待て！　男相手にトキメいてどうすんだ俺!!）

これでは、本当にデートを心待ちにしていた少女のようで、そんな自分自身が気持ち悪い。

内心で自分にツッコミを入れつつ、何とか平然とした顔を装《よそお》った。

「いや？　俺もさっき来たばっかだし」

口ではそう云《い》いつつも、実はこの待ち合わせ場所に来てすでに三十分は経《た》っていた。冬本番までにはまだあるとはいえ、北風は冷たくなりつつある。

冷えた指先を体の後ろに隠《かく》しながら告げると、野分は弘樹の頬《ほお》に指先を滑《すべ》らせてきた。

「凄く冷たくなってますよ」

「……ッ!!」

野分にとっては何気ない仕草だったのかもしれないけれど、弘樹は心臓が止まりそうなほど驚《おどろ》いてしまった。

指が離《はな》れたあとも、温かな感触《かんしょく》が残っている。ばくんばくんと壊《こわ》れてしまうのではないかと思うくらい、鼓動《こどう》がうるさく鳴り響《ひび》いた。

「どこかで温かいものでも飲みますか?」

心配して気遣《きづか》ってくれる言葉もくすぐったい。どうして、野分が相手だとこんなにも自分を保てなくなってしまうのだろう。

「平気だよ。書店行けば暖房《だんぼう》効いてるだろうし」

そう云って強がり、踵《きびす》を返して背中を向けると首に何か暖かいものがかけられた。

「!」

触《ふ》れるとそれは、さっきまで野分の首に巻いてあったマフラーだった。カシミヤの柔《やわ》らかな肌触《はだざわ》りと温かさは、頬に触れた指先と同じ感触がする。

「それ、使って下さい。俺は寒いの平気なんで」

「あ…ああ……」

不意打ちの優《やさ》しさに、思わず口籠《くちご》もってしまう。恥《は》ずかしいことをするなと文句を云うことも忘れて、赤面してしまった。

「弘樹さん、顔赤いですよ? もしかして、風邪《かぜ》引いたんじゃ……」

「だっ、大丈夫《だいじょうぶ》だっ」

「でも、耳も赤いですし」

「平気だっつってんだろ！　いいから行くぞ‼」

「あ、はいっ！　弘樹さん、待って下さいってば…っ」

「早く来ないと置いてくからな！」

　動揺を押し隠し、先に立ってずんずんと早足で歩き出す。耳が赤いのは、ドキドキしているせいだからだなんてバレるわけにはいかない。

　さっきまでは確かに寒かったのに、いまの弘樹の顔は火を噴《ふ》いてしまいそうなほど熱くなっていた。

「そんなに急がなくても、時間はたくさんありますよ？」

「わかってるよ。ちんたらしてるのが、性《しょう》に合わないだけだ。とりあえず、大通り沿いのデカイとこ行くぞ。確か、参考書もたくさん置いてあったはずだ」

「はい」

　かなりのスピードで歩いているはずなのに、野分は簡単に弘樹の横に並んだ。そのことで改めてコンパスの差を思い知らされる。

　身長がこれだけ違《ちが》うのだから、脚《あし》の長さに差があってもおかしくも何ともないのだが、微妙《びみょう》に悔《くや》しい気持ちになった。

「なあ。何で、お前そんなにデカいんだ？」

「え？　身長のことですか？　多分、父親が大きいからだと思いますけど。あと牛乳も好きでたくさん飲んでたんで、そのせいかもしれません」

「ふぅん」

牛乳なら自分も山ほど飲んだが、大学に入ったあたりで成長はパタリと止まり、それきり身長は一ミリも伸《の》びなくなってしまった。せめて、あと数センチは欲しかったのだが。

「弘樹さんはそのままでいいと思います」

野分は、弘樹の頭の中を見透《みす》かしたかのような言葉を告げてきた。

「何でだよ」

「だって、かわ――いえ、あまり背が大きくても不便なので」

何故か野分は云いかけた言葉を途中《とちゅう》で引っ込め、云い直した。

「不便？」

「ドアの枠《わく》とか電車のつり革《かわ》とかに頭をぶつけることが多いし、学校の机も窮屈《きゅうくつ》だし。靴《くつ》のサイズも一回り大きいから、スニーカー以外はなかなか見つからないし」

「あー、それはそうかもな」

不便だという理由を並べ立てられ納得《なっとく》する。それと同時に頭をぶつけたり、小さな机に窮屈そうに収まっている野分の姿を想像しておかしくなった。

「何笑ってるんですか？」

「や、あんまり実感籠もってるから想像が」

必死に噛《か》み殺そうとするけれど、くっくっと小さな笑《え》みが零《こぼ》れてしまう。そんな弘樹に、野分は弱り果てた顔をした。

「そんなみっともないとこ想像しないで下さいよ！」

「悪い悪い。昼飯は好きなもん食わしてやるから」

あまりに困った顔をしている野分が可哀相《かわいそう》になったため、今日のところは勘弁《かんべん》しておいてやることにした。ついでにフォローの言葉もつけ加えておく。

「……本当ですか？　じゃあ、それでごまかされてあげます」

「お前、最近ちょっと太々《ふてぶて》しいぞ…？」

「そうですか？　元々、こういう性格ですよ」

きょとんとした表情に裏があるようには見えない。

（こいつ、将来は大物になる気がする……）

何となくそんな予感を抱《いだ》きつつ、弘樹は話題をこれから選ぶ参考書へと変えていった。

「今日は本当にありがとうございました」

店を出た途端《とたん》、野分は弘樹に向かって深々と頭を下げた。あまりに大袈裟《おおげさ》な態度に苦笑《くしょう》してしまう。

「いえ、弘樹さんが一緒《いっしょ》に参考書選んでくれて助かりました。あとご飯も美味《おい》しかったです。ごちそうさまでした」

「別に大したことしてないだろ」

無邪気《むじゃき》に喜ぶ野分の姿に、弘樹も素直《すなお》に嬉《うれ》しくなる。別れた彼女にご飯を奢《おご》ったところで、こんなにも感謝されたことはない。

「息抜《いきぬ》きになったか？　明日からはまた勉強に励《はげ》めよ」

「はい」

ほんの数時間の外出だが、勉強ばかりの毎日の気分転換《てんかん》になったのならいい。受験生の本業は勉強だが、根を詰《つ》めてやればいいというものでもないのだから。

「それじゃ、帰るか。このあと暇《ひま》なら、勉強見てやるけどどうする？」

妙《みょう》に気分のいい弘樹の口から、するりとそんな言葉が出た。いままでの弘樹からは考えられない申し出に、自分自身驚いてしまう。

少しでも時間ができたら、図書館に足を向けるのがこれまでの通例になっていた。論文も予定通りには進んでいないし、日曜日は自分の時間にあてたいと思ってもおかしくはないはずなのに、どうしてしまったんだろう。

「え？　いいんですか？」

「あっ、でも、休みの日まで勉強なんかしたくないよな。今日は息抜きの日なんだから、家帰ってゆっくり――」

「いえ、弘樹さんの迷惑《めいわく》にならないならお願いしたいです」

「そ…そうか…？　じゃあ……」

野分の答えにほっとしている自分がいることに気づく。

(何て云《い》うか、離《はな》れがたいっつーか……いや！　そういう意味ではなく！)

脳裏《のうり》に浮《う》かんだ考えを、弘樹は自分で否定する。喩《たと》えて云うならそう、夕方になって一緒に遊んでいた友達と別れがたいと思うような感覚なのだ。……きっと。

「俺、切符《きっぷ》買ってきますね」

「あ、そうか、定期ないんだよな。そこの柱んとこで待ってる」

「すぐ戻《もど》ってきますから」

急ぐ必要はないというのに、野分は小走りに券売機へと駆《か》けていった。立派な体軀《たいく》をしていても、どことなく所作にまだ子供っぽさが残っているのが微笑《ほほえ》ましい。

券売機の前でうろうろと迷っている老人に声をかけ、切符を買う手伝いをする様子も野分らしくてつい口元に笑みが零れてしまった。

広い背中を目を細めて見ていると、不意に声をかけられた。

「弘樹…？」

「あ？」

「やっぱ、弘樹じゃん。久しぶり、元気してた？」

「あ…ああ……」

声のしたほうへと視線を下げると、すぐ脇《わき》に先日別れたばかりの彼女の姿があった。大学ですれ違《ちが》っても無視するばかりだったくせに、いったいどんな気まぐれなのだろうか。

空気が肌寒《はださむ》い季節になりつつあるというのに、胸元《むなもと》の大きく開いたカットソーにミニスカートという出で立ちだ。

臆面《おくめん》もなく声をかけてきた彼女を胡乱《うろん》な目で見ていると、すぐにその理由を口にした。

「ねえねえ弘樹、いま、超《ちょう》カッコいい人と一緒にいたけど、あんな人ウチの大学にいたっけ？」

「……家庭教師で教えてる高校生だよ」

案の定と云うべき問いかけに、こっそりとため息をつく。

(そういや、こういうやつだったよな)

弘樹を引っ張り出し、買い物に出かけている間も顔のいい男を見つければ視線で追い、あれこれと批評をしていたことを思い出す。

「えっ、うそぉ！　あれで高校生!?　弘樹よりも大人っぽいじゃん！」

「悪かったな…ガキくさくて……」

弘樹は童顔というわけではないのだが、あまり年相応に見てもらえない。

大人っぽさを演出するために髪《かみ》を撫《な》でつけてみたこともあったけれど、全員一致《いっち》で似合わないとの判断を下されてしまってからは美容院で切られるまま無造作にしている。

「ねえ、紹介《しょうかい》してよ」

「は?」

「もう後輩《こうはい》もみんな高校卒業しちゃって、高校生と知り合う機会なんてそうないんだってば。ね、ね、紹介して?」

彼女の無神経な言葉にカチンとくる。もう別れたとはいえ、ついこの間まで恋人《こいびと》だった男に、甘えた仕草で他《ほか》の男を紹介しろという神経が理解できない。

(何で俺が、こいつに野分を紹介しなくちゃなんないんだ)

その理不尽《りふじん》さに憮然《ぶぜん》とするが、彼女は弘樹の機嫌《きげん》の悪さには気づかない。もしも気づいていても、気にかけるようなタイプでもないけれど。

そして、間の悪いことに弘樹が不愉快《ふゆかい》な気分になっているところへ野分が戻ってきた。

「弘樹さん、お待たせしました。……あの、こちらの方は……」

戸惑《とまど》う表情に、野分が彼女が何者なのか気づいていることを知る。

(そりゃそうだよな。あんな場面をしっかり見てたんだから)

だが、彼女は野分の困惑《こんわく》の意味もお構いなしにすり寄り、馴《な》れ馴れしく話しかけた。

「ねえ君、弘樹の教え子なんだって？」

「はい、そうですけど……」

野分の視線に自分の胸の谷間が映るような位置に立っているのは、計算尽《ず》くのことだろう。

弘樹も最初にあれをやられたときは思わず視線を奪《うば》われてしまったけれど、端《はた》から見るとこんなにも不愉快に感じるものだったとは。

まだ高校生の醇朴《じゅんぼく》な野分には刺激《しげき》が強いかもしれないと危惧《きぐ》し、様子を窺《うかが》ってみると、意外と平然とした顔をしていた。

もしかしたら、天然すぎてアピールに気づけていないのかもしれない。

「これから二人でどこ行く予定だったの？」

「いまから帰るところです」

「え～、もう!? まだ二時だよ？　それより、あたしたちと一緒に遊び行かない？」

無責任な遊びの誘《さそ》いに、思わず弘樹の眉《まゆ》が寄る。

「おい、こいつは受験生なんだぞ。遊んでる場合じゃないことくらいわかるだろう」

「いいじゃない、少しくらい息抜きは必要でしょ？」

「……っ」

業《ごう》を煮《に》やして口を挟《はさ》むと、弘樹が野分に告げたのと同じ台詞《せりふ》で反論され、言葉に詰まってしまった。

「あっちで友達待ってるんだけど、あたしたちこれからご飯食べに行くんだ。パスタが美味しいお店知ってるから連れてってあげる」

押しつけがましい態度で誘う彼女の表情に、断られる可能性を微塵《みじん》も考えていないことが見てとれる。

「すみません、食事はさっきすませましたので……」

彼女が馴れ馴れしく野分の腕《うで》に触《さわ》るのを見ていると、何だかムカムカしてくる。だが、その気分の理由がわからず、そのことも弘樹を苛《いら》つかせた。

されるがままになっている野分にも無性《むしょう》に腹が立ち、弘樹は知らずに奥歯を噛《か》みしめていた。

(何なんだよ、この気持ちは……?)

胃が二日酔《ふつかよ》いのときのような不快感に襲《おそ》われ、こめかみのあたりも締《し》めつけられているような感覚がする。それと同時に感じる怒《いか》りに似た不可解な感情に戸惑い、弘樹は困惑した。

「じゃあ、カラオケ行こーよ。人数多いほうが楽しいし!」

「いえ、でも……」

野分はちらちらと弘樹のほうを窺いながら、言葉を濁《にご》している。その様子に弘樹の感情が沸《ふっ》点《てん》を越《こ》えた。

(俺に気兼《きが》ねしてんのか?)

ついて行きたいなら行けばいい。

自分を優先しなければいけない理由など、何もないのだから。

「――用事を思い出したから帰る」

どうしようもなく苛立ちを覚えた弘樹は、そう云い捨てるとくるりと背中を向け歩き出した。

「弘樹さん!?」

「あーあ、拗《す》ねちゃって。君は行くよね？」

背中越しにまだ会話が聞こえてくる。一刻も早く、声が届かないところまで行ってしまおうと足を速める。

「すみません、失礼します」

「え!? ちょっと!!」

「待って下さい、弘樹さん…っ！」

しかし、野分は彼女を残し、弘樹を追いかけてきたようだ。人目も憚《はばか》らず呼び止めてくる野分に、弘樹のほうもムキになり、追いつかれまいと走り出した。

「弘樹さん！」

「……っ」

ポケットから取り出した定期を改札機に翳《かざ》そうとした瞬間《しゅんかん》、がしっと肩《かた》を摑《つか》まれた。大きな手の平の感触《かんしょく》に心臓が大きく跳《は》ねる。

混乱する心に弘樹は視線を泳がせた。

「どうして一人で行っちゃうんですか？」

野分は弘樹の肩を摑んだまま、背《そむ》けた顔を覗《のぞ》き込んできた。それでも見られたくなくて、弘樹は顔を俯《うつむ》かせた。

「……別に、気ィ遣《つか》ってやっただけだよ。お前は俺についてこなくてもいいんだぞ」

早く、その手を離《はな》して欲しい。

このままでは上昇《じょうしょう》していく体温も、速まっていく鼓動《こどう》も知られてしまいそうで怖《こわ》かった。

「何云《い》ってるんですか。俺は弘樹さんと約束してたんですよ？　弘樹さん、これから勉強見てくれるって云ったじゃないですか」

「……用事があるんだよ」

「え？　でも、今日は一日空いてるって……」

「さっき、思い出した」

「――――」

歯切れの悪さが嘘《うそ》をついていると云っているようなものだった。疚《やま》しさで、野分の瞳《ひとみ》を見返せない。

きっと、野分も気づいているに違いない。だからこそ、黙《だま》っているのだろう。

「お前は遊んでこいよ。一日くらい、どうってことないだろう」

どん、と野分の体を突《つ》き飛ばし、改札機をするりとすり抜《ぬ》ける。そうして、弘樹はタイル張りの床《ゆか》を蹴《け》って駆《か》け出した。

「弘樹さん!?」

野分に追いつかれないよう、全力で走った。人の連なるエスカレーターではなく、階段を駆け上がる。

階段の先に続くホームでは、発車を知らせる音楽が鳴り響《ひび》いている。背後から追いかけてくる足音が聞こえてきたけれど、決して振《ふ》り返ろうとはしなかった。

いまはただ、野分の前から消えてしまいたかった。

不可解な気持ちも疚しい気持ちも振りきって、いなくなってしまいたかった。

「弘樹さん、待って下さい！　弘樹さん!!」

停車していた電車に飛び乗った瞬間、その扉《とびら》がゆっくりと閉まっていく。振り返ると扉のガラス窓の向こう、野分が無防備な瞳を晒《さら》して立ち尽くしていた。

その眼差《まなざ》しに、まるで握《にぎ》り潰《つぶ》されるかのようにぎゅうっと心臓が締めつけられる。息もできないほどの苦しさと、じりじりと苛《さいな》んでくる罪悪感に、弘樹は押し潰されそうだった。

やがて、電車は走り出し、ホームがゆっくりと離れていく。弘樹に向かって伸《の》ばされた腕は、虚《むな》しく空を掴んでいた。

（何をやってるんだ、俺は…!!）

人もまばらな車内では、どの乗客も弘樹には無関心でそれぞれの世界に籠《こ》もっている。その光景がやけにリアルで、自分の突発的《とっぱつてき》な行動が恥《は》ずかしく思えてきた。

「くそっ」

遣《や》り場のない感情に胸のうちを占拠《せんきょ》され、ただ動揺《どうよう》するしかない自分に弘樹は小さく悪態をつく。

最近の自分はおかしい。絶対にどうかしてる。

それもこれも、野分に出逢《であ》ってからだ。あの漆黒《しっこく》の瞳に見つめられると、いつもの自分ではいられなくなる。

こんなふうに誰《だれ》かに振り回されることなんて、いままでの弘樹なら考えられなかったはずなのに、あいつの前では感情の制御《せいぎょ》ができなくなる。

胸が苦しいのは、目まぐるしく変わる感情の色についていくことができず、息切れを起こしているからかもしれない。

まるで、恋《こい》をしているかのようだ。いつか読んだ小説の主人公もこんなふうな気持ちを感じていた覚えがある。

ドキドキして、ハラハラして、ムカムカして。

好きな相手のはずなのに、どうしようもなく憎《にく》くて。あの主人公といまの自分とは、どこか似ている気がしてならない。

（――そうか……）

自分は野分に恋をしてしまったのだ。だからこそ、こんな不可解な初めて覚える感情ばかりを持て余してしまうのだろう。

ふと気づいた事実は、すとんと胸の中に収まった。不思議と混乱はなく、ただ感心してしまう。これが、人に恋するということなのかと。

人としての欠陥品《けっかんひん》でなかったことに安堵《あんど》しつつ、改めてその現実を直視し、絶望する。

どうして、初めて恋した相手が野分だったのだろう。あの無邪気《むじゃき》な瞳を思い返すと、罪の意識に苛まれた。

さっき、伸ばされた野分の手を阻《はば》んだドアにもたれかかり、外を流れる景色に目をやった。

『――弘樹さん!!』

鼓膜《こまく》にこびりつく声は、弘樹の体を甘く痺《しび》れさせ、それと同時に罪悪感を煽《あお》り立てる。純《じゅん》粋《すい》に慕《した》ってくれている教え子に、こんな気持ちを抱《いだ》いてしまうなんて許されるはずがない。

ずっと気づかずにいられたなら、まだよかったのかもしれない。そうしたら、自分の気持ちに戸惑《とまど》いながらも、野分に勉強を教えることに一生懸命《いっしょうけんめい》でいられただろう。

しかし、もう知ってしまったのだ。

胸に渦巻《うずま》く感情が、恋い焦《こ》がれるが故《ゆえ》のものだということを。

きっともう、あの瞳を見つめることなどできない。どこまでも澄《す》みきった瞳に映る自分の顔など、正視できるはずもない。

「……ごめん」

ガラスの向こうを見つめたまま、弘樹は誰にも聞かれないくらい小さな呟《つぶや》きを零《こぼ》した。

好きになんかなってごめん——胸の中でその言葉を繰《く》り返す。臆病《おくびょう》な自分には面と向かって告げる勇気など持ち合わせていないから。

初恋は叶《かな》わないとよく云うけれど、本当だったんだなとぼんやりと考える。

ゆっくりと景色が止まっていくさまを目にしながら、半身を抉《えぐ》り取られたような虚無《きょむ》感《かん》に、これが失恋《しつれん》の痛みというものなのかと弘樹は半ば他人事《ひとごと》のように考えていた。

◇

「……決心は変わらないのかい？」

「はい。申し訳ありません」

弘樹は数週間前と同じように担当教授の研究室に来ていた。そのときと違うのは、今度は弘樹のほうが頭を下げているということだ。

「しかしなあ、あちらさんは中條のことを大層気に入ってるようじゃないか、何でまた……」

「こんな中途半端《ちゅうとはんぱ》な時期にやめる無責任さは充分《じゅうぶん》承知しています。いままでいただいた授業料もお返しさせていただくつもりですので、どうかご容赦《ようしゃ》下さい」

弘樹の迷いのない言葉に、教授は深々とため息をついた。

教授を困らせていることもわかってはいるが、もうこれは決めたことだ。意志を曲げるつもりは微塵《みじん》もなかった。

野分への想《おも》いに気づいてしまったいま、このまま傍《そば》に居続けることなどできるわけがない。この気持ちを隠《かく》しきる自信もないし、野分だって邪《よこしま》な気持ちで接せられていると知ったら不快に思うだろう。

受験生にとって、いまはデリケートな時期なのだ。それを弘樹が台なしにすることだけは、絶対に避《さ》けたかった。

「そこまで云《い》うのならやめることは仕方がないが、これまで教えてきたのは君なんだから、いただいたものは受け取っておきなさい。お返しするのは却《かえ》って失礼にあたるよ」

「……わかりました」

教授の言葉に、苦々しく頷《うなず》く。

任せられた仕事を途中で放棄《ほうき》しておいて報酬《ほうしゅう》をもらうというのは心苦しい。

だが、それ以上に授業料を返すことで罪悪感を少しでも減らそうという思いが自分の中にあったのかもしれない。どこまでも矮小《わいしょう》な自分に、自己嫌悪《けんお》に陥《おちい》ってしまう。

「ただ、後任だけは見つけておいてくれよ？」

「頼《たの》める友人がいましたので、話はしておきました。真面目《まじめ》なやつですし、家庭教師の経験もありますので問題はないかと思います。明日からでも行ってくれると云ってますから……」

「そうか。――だが、そこまでしてやめたい理由は何なんだ？」

「それは……一身上の都合としか云えません」

教授に対して、教え子を好きになってしまったからとも云えず、言葉を濁《にご》す。何か上手《うま》い理由があればよかったのだが、野分は非の打ちどころのないできのいい生徒だった。

「まさかとは思うが、不快に感じることでもあったのか？」

「そういうことじゃありません！……ただの、俺のわがままです」

歯切れ悪く告げると、教授はそれ以上追及《ついきゅう》してくることはなかった。

「とりあえずは了解《りょうかい》したよ。あちらには、私のほうから上手く話をしておくから」

「すみません。よろしくお願いします」

弘樹は改めて深く頭を下げた。

これでよかったんだ。きっと、これで——。


教授に家庭教師をやめたいと告げた翌日、いつもならとうに家に帰っている時間に弘樹は大学内のラウンジでぼんやりとしていた。

（いま頃《ごろ》、野分はどうしてるだろう？）

弘樹が家庭教師を断ったことを知り、約束と違《ちが》うと怒《おこ》っているだろうか？　それとも、悲しんでいるだろうか？　もしかしたら、あのいつもの穏《おだ》やかな顔で仕方ないですねとすんなりと納得《なっとく》したかもしれない。

元々、家庭教師は年内いっぱいの約束ではあったのだ。それをやめるのが一月ほど早まっただけの話だ、思い悩《なや》むほどのことじゃない。野分の学力なら、いまでも充分合格圏内《けんない》なのだから、自分がついていなくても大丈夫《だいじょうぶ》なはずだ。

ともすれば鬱々《うつうつ》と悩み込んでしまいそうになる自分に、云い聞かせる。

「あれ？　中條、どうしたよ。今日はカテキョの日じゃねぇの？」

すでに冷えきったコーヒーを啜《すす》っていると、通りかかった同じゼミの友人が不思議そうに声をかけてきた。

周囲にも認識《にんしき》されるほど、野分の家庭教師にのめり込んでいたのかといまさらながらに気づかされる。

「ああ、あれやめたんだ……」

苦笑いを浮《う》かべてそう云うと、友人はさらに怪訝《けげん》な顔をした。

「は？　あんなに熱心にやってたのに、クビになったとか？」

「違うって、俺からやめさせてもらったんだよ」

クビになったのなら、こんなにも重苦しい気持ちを抱《かか》えずにすんだだろう。これが最良の方法だったと思っているけれど、挨拶《あいさつ》もなしに野分の前から去ったことに対しては申し訳ない気持ちでいっぱいだった。

「はぁあ？　何それ？」

「ちょっと、余裕《よゆう》がなくなったからさ。論文とかもあるし」

「ああ、お前は院試もあんだっけ？　人の面倒《めんどう》見てる場合じゃないよな」

咄嗟《とっさ》に思いついた云い訳を口にすると、彼はようやく納得したようだった。同じゼミで大学院に進学することを希望しているのは弘樹だけだ。とりあえず、そのことを理由にしておけばだいたいの人間は納得してくれる。

だが、余裕がないと云いつつラウンジでのんびりしてるあたり、説得力の欠片《かけら》もないのだが。

そこにツッコまれませんようにと心の中で祈《いの》っていると、友人はふと窓の外へと視線を回《めぐ》らせていた。

「何だあれ？　芸能人でもいんのかね」

つられて見てみると校門のあたりに人だかりができていた。弘樹の大学はよくドラマの撮影《さつえい》に使われたりするから、きっと今回もその類《たぐい》のものだろう。

「さあ。俺には関係ない」

とそっけなく告げ、残ったコーヒーを飲み干すと、弘樹はカバンを手に立ち上がった。

いつまでもこんな場所で感傷に浸《ひた》っていても仕方ない。空いた時間は有効に活用しなければ。

「どこ行くんだ？」

「図書館。お前は残りの単位、真面目に取れよ」

「うっせえ、わーってるよ！」

友人と別れ、ラウンジをあとにする。外は一層寒さが増し、北風が身に沁《し》みた。人だかりはまだ解消されず、学生たちの行く手を塞《ふさ》いでいる。

（ったく、邪魔《じゃま》だな……）

大がかりな撮影機材もないから雑誌の撮影か何かかもしれない。

いったいどんなやつが来ているのかと、興味本位で女子に囲まれている人物をよくよく見てみると、それは背の高い学制服姿の生徒だった。

「いっ…!?」

(嘘《うそ》だろ!? 何で、野分がこんなとこに…!?)

その学生服の生徒の正体に瞬間《しゅんかん》、心臓が止まりかけた。いま、弘樹が一番会いたくない相手だ。

何のためにこんな場所へ来ているのだろう? まさか、自分に会うつもりだとでもいうのだろうか?

だが、その可能性はすぐに否定する。野分の志望校はこのN大なのだ。見学に来ようと思ってもおかしくはない。

(つーか、何で野分が女子に囲まれてんだよ)

同性の弘樹から見ても充分魅力《じゅうぶんみりょく》のある人間だと思うけれど、何かきっかけがなければこんな騒《さわ》ぎにはならないはずだ。

訝《いぶか》しく思いながら目を凝《こ》らして見てみると、野分を囲む人だかりの中に元彼女の姿を発見した。

彼女がまたこの間のように野分の体にべたべたと触《ふ》れているのが見え、怒りに似た感情にカッとこめかみのあたりが熱くなる。

あのときは何なのかわからなかったけれど、この感情は多分嫉妬《しっと》なのだろう。野分に触《さわ》られることが腹立たしいのは、独占欲《どくせんよく》のせいに違《ちが》いない。

だけど、馴《な》れ馴れしくするなと文句を云う資格は弘樹にはない。もう家庭教師と教え子という関係もなくなったいま、野分との間には何の繋《つな》がりもないのだ。

「…………」

とりあえず、面倒なことになるのを避けるため、野分に見つかる前に去ってしまおうと足を踏《ふ》み出したけれど、タイミング悪く振《ふ》り向いた野分と視線がぶつかってしまった。

（やべっ）

慌《あわ》てて踵《きびす》を返して行こうとすると、それよりも早く大声で名前を呼ばれてしまう。

「弘樹さん！」

その途端《とたん》、一気に弘樹に視線が集まった。弘樹はいたたまれなさに、反射的に走って逃《に》げ出した。

「……っ、あのバカ…！」

あんなところで人の名前を大声で呼ぶなんて、空気の読めなさは初めから少しも変わってない。できるだけ、人目から遠ざかろうと校門を出て裏道に駆《か》け込んだ。

しかし、背後から野分の声が追いかけてくる。

「弘樹さん、待って下さい…っ」

待てるわけがないだろうと速度を速めようとした途端に腕《うで》を摑《つか》まれ、体が前に進まなくなった。

摑まれた腕が熱い。そこだけが発熱しているかのようで、脈拍《みゃくはく》を強く意識してしまう。

「どうして追いかけてくるんだ……」

「弘樹さんが逃げるからです」

「せっかく女子大生に囲まれてたんだから、そこにいりゃいいだろ!!」

これじゃ逆ギレもいいところだ。動揺《どうよう》する弘樹に対し、野分は冷静に問い返してくる。

「どうしてですか？　弘樹さんの云《い》ってることは意味がわかりません」

「……っ」

「弘樹さんが家庭教師をやめたいと云っていることを、今日の朝になって聞かされました。その理由が知りたくて弘樹さんに会いに来ました」

「……理由なんて、どうでもいいだろ」

背中を向けたまま、そう告げる。お前を好きになったからだなんて、云えるわけがないじゃないか。

叶《かな》うはずのない恋《こい》を知られることほど、滑稽《こっけい》なことはない。

「どうでもよくなんかありません。俺、何か気に障《さわ》るようなことしましたか？　弘樹さんの迷《めい》惑《わく》になるようなことしましたか？」

「そういうことじゃねぇよ。もう、面倒になっただけだ。だいたい勉強するだけなんだから、教えるのは誰《だれ》でもいいだろうが」

「他《ほか》の人じゃ意味がありません！　弘樹さんじゃなきゃ嫌《いや》なんです！」

しつこく食い下がる野分の言葉に、ドキリと鼓動《こどう》が大きく跳《は》ねる。野分の発言には誤解してしまいそうなものがよくあるけれど、こんなときに云われると心臓に悪い。

「は…はは……それじゃ、告白してるみたいに聞こえるぞ」

混ぜっ返すつもりで云ったのに、野分はしごく真面目《まじめ》に返してきた。

「みたいじゃなくて、告白してるんです」

「何の冗談《じょうだん》――――」

きっぱりと云いきられた言葉に、頭の中が真っ白になる。

「俺は弘樹さんが好きです。ずっと前から好きでした」

「ちょっと待て、ずっと前からって……」

「弘樹さんは気づいてなかったでしょうけど、駅のホームの向かいからいつも見てました。泣いてるところを見たとき、弘樹さんに感じてる気持ちが恋だって気づいたんです」

（何を云ってるんだ、こいつは）

もうわけがわからない。野分が自分を好きだなんて、そんなことあり得ない。あるはずがない——。

「どうしても、家庭教師が無理だというのなら諦《あきら》めます。だから……せめてあなたを好きでいることだけは許してもらえませんか？」

「許すも許さないも、好きとか嫌《きら》いとかは個人の自由だろ」

「弘樹さんがまだあの人のことを好きなことは承知しています」

「ちょっと待て！　誰が誰を好きだって？」

「弘樹さんは、あのつき合ってた女の人のことがまだ好きなんでしょう？」

「あいつのことなんて引き摺《ず》ってねぇよ」

勝手な憶測《おくそく》に眉《まゆ》を寄せる。

「でも、日曜日のことだって、弘樹さん、あの人が来てからおかしくなったじゃないですか。それに弘樹さん、あのとき泣いて——」

「……っ、あれはそういう意味じゃねーんだよ！　だいたい、いま俺が好きなのはお前なんだぞ!?」

「……へ？」

野分が目を丸くするのと同時に、弘樹は自分が放ってしまった言葉を反芻《はんすう》して青ざめた。

「〜〜〜っ!!」

慌てて口元を手で塞いだけれど、もう遅《おそ》い。うっかり、口を滑《すべ》らせてしまった言葉は二度と取り戻《もど》すことはできなかった。

「弘樹さん、いま何て……」

「もう二度と云わん！」

そもそも、云うつもりのなかった言葉なのだ。云えるわけがない。しかし、野分は強い口調で詰《つ》め寄ってくる。

「俺のこと、好きって云いましたか？」

「聞こえてたんなら、訊き返すな!!」

「お願いします。ちゃんと俺の目を見て云って下さい」

「そんな…こと……」

いま、野分の目を見てしまったら逃《のが》れられなくなりそうで怖《こわ》かった。消してしまおうと思っていた気持ちが、また膨《ふく》らんでしまう。

こんな気持ちはないほうがいいのだ。好きになってはいけない相手だったのだから。

そんなふうに動揺する弘樹を知ってか知らずか、野分は弘樹を背後から抱《だ》きしめてきた。

「な…っ」

「弘樹さん」

力強い腕の感触《かんしょく》と耳の後ろに触れる吐息《といき》。たったそれだけのことで、弘樹の心臓はどうしようもないくらいに早鐘《はやがね》を打つ。

「は……離せよ……」

声まで震《ふる》えてしまいそうで、大声を出せなかった。野分は弘樹の要求を綺麗《きれい》に無視し、耳元で甘く囁《ささや》いてきた。

「あなたが好きです」

「嘘《うそ》だ」

「弘樹さんが好きなんです」

「もうそれ以上云うな…っ」

このままでは、心臓が壊《こわ》れてしまう。

「何度でも云います。弘樹さんが信じてくれるまで、ずっと。俺は──」

「わかった！　わかったから…っ！……頼《たの》むから、離してくれ」

「もう逃げませんか？」

「……逃げも隠《かく》れもしないから」

ちゃんと、向き合うから。そう告げると、弘樹をキツく抱きしめていた腕がふっと緩《ゆる》んだ。

けれど、その代わりにだらりと下げていた片方の手を握《にぎ》られる。

もうこんなにも寒い季節になっているというのに、激しい動悸《どうき》のせいか弘樹の手の平はじっとりと汗《あせ》を掻《か》いている。

でも、指先から伝わる野分の鼓動は弘樹と同じくらい速く、そして手の平は弘樹以上に熱くなっていた。

とにかく、人目につかないところへ行こうということになった。どう考えても閑静《かんせい》な住宅街の真ん中でする話ではない。

(――で、結局ウチかよ……)

喫茶店《きっさてん》も考えたけれど、またヒートアップして周囲の目を集めかねない。

「入れよ」

「失礼します」

相変わらず雑然とした部屋に平然とした顔を装《よそお》い、野分を招き入れる。だが、内心はその真逆だった。

いつも、ここで二人きりになっているはずなのに、どうして今日に限って緊張《きんちょう》してしまうのだろう。いまは野分の一挙一動が、気になって堪《たま》らない。

(……気まずい)

自分の部屋だというのに、少しも落ち着くことができない。それどころか、前言を撤回《てっかい》して逃《に》げ出したいほどに緊張している。

（さっき、『好き』って云ったよな…？）

——あなたが好きです。弘樹さんが好きなんです。

あれは現実のことだったんだろうか？

願望が見せた幻覚《げんかく》、もとい幻聴《げんちょう》だったとしてもおかしくはない。いまは夢の中にいるという可能性だってある。だって、初恋《はつこい》は実らないものなのだから、野分が弘樹を好きになることなんてあるはずがない。

とにかく、いまは落ち着くべきだ。野分だって混乱していたからこそ、あんなことを口走ったのかもしれないのだから。

「弘樹さん」

「な、何だよ」

「あのとき、泣いていた理由を訊《き》いてもいいですか？」

「……大したことじゃねぇよ。振《ふ》られても、何とも思わない自分が嫌《いや》になっただけだ。お前が気にするようなことじゃない」

わざとそっけなく告げたのに、野分は悲しそうな表情を浮《う》かべた。

「大したことあるじゃないですか。……そんな顔をしてるのに、平気なふりなんてしないで下さい」

「そんな顔って……」

「辛《つら》かったんですね」

「——」

野分の一言に、瞳《ひとみ》の奥が熱くなった。ツンと鼻の奥が痛んだかと思うと、眦《まなじり》から涙《なみだ》が零《こぼ》れ落ちた。

「弘樹さん……」

「……っ！」

不意に頬《ほお》に触《ふ》れられ、ビクリとする。警戒心《けいかいしん》を剝《む》き出しにした弘樹に、野分は少しだけ悲しそうな顔をした。

「いきなり、すみません。脅《おど》かすつもりはなかったんです」

「あ、いや……」

「そんなに怯《おび》えないで下さい。弘樹さんを好きな気持ちは本当ですけど、いますぐどうこうしたいってことではないですから」

「そうなのか……？」

野分は弘樹を安心させるために云《い》ってくれたのだろうが、心なしかガッカリしている自分がいた。そんなふうにシュンとなる自分に気づき、ぼっと音がしそうな勢いで顔が熱くなる。

ガッカリするなんて、まるで何かして欲しかったみたいではないか。

(何を不謹慎《ふきんしん》なことを考えてるんだ俺は…‼)

赤くなったり、青くなったりしていると、野分がおずおずと声をかけてくる。

「あの……」

「な、何だ」

心の中を見抜《みぬ》かれまいと口元を引きしめて顔を上げると、野分が複雑な表情を浮かべていた。

「そんなに可愛《かわい》い顔をされると、前言撤回したくなります」

「はあ？」

いったい何のことかと首を傾《かし》げる弘樹に、野分は一歩近づき、気まずげに告げてくる。

「あとでいくらでも怒《おこ》られますから、いまは見逃《みのが》して下さい」

「だから、何を――」

問いを全《すべ》て口にする前に両肩《りょうかた》を摑《つか》まれ、唇《くちびる》が塞《ふさ》がれた。呆然《ぼうぜん》と見開いた視界には、野分の顔のアップがある。

自分がキスされていることに気づいたのは、数秒あとのことだった。はたと我に返った弘樹は、慌《あわ》てて野分の体を押し返す。一瞬《いっしゅん》だけ離れた唇を追いかけられ、またすぐに塞がれた。

「んん…んっ、お前、何して……」

何気なく見返した野分の瞳に、思わず黙《だま》り込む。その瞳にいつもの穏《おだ》やかさはどこにもなく、欲情の色をたたえていた。

一人の男として自分を見つめてくる野分に、こくりと喉《のど》を鳴らすとそれが合図だったかのよ

うに、再び噛《か》みつくように口づけられた。

「ンぅ……っ」

息苦しさに喘《あえ》ぐと、口腔《こうこう》に野分の舌が入り込んでくる。やや強引《ごういん》に入り込んできた舌が弘樹の口の中を掻き回し、逃げる舌を絡《から》め取った。

ざらりと舌が擦《こす》れ合うと、ぞくぞくと頭の芯《しん》が痺《しび》れた。溢《あふ》れてくる唾液《だえき》のせいで、濡《ぬ》れた音が聞こえてくる。混じり合った唾液を飲み下すと、今度は舌先を強く吸い上げられた。

「ん、んー…っ」

貪《むさぼ》るような獣《けもの》じみた荒々《あらあら》しい口づけに翻弄《ほんろう》される。これが、野分の押し隠していた感情なのかと思うと、それだけで体が熱くなった。

「んく……ん…――うわっ⁉」

押される形でじりじりと後退していたら、ベッドのところにまで来てしまっていたらしく、足がマットにぶつかった弾《はず》みで後ろに倒《たお》れ込んでしまった。

無意識に野分の服を摑んでいたせいで、大きな体が弘樹の上にのしかかってくる。

「弘樹さん、大丈夫《だいじょうぶ》ですか⁉」

倒れ込んだ弾みでさっきまでの険しさは消え、いつもの野分に戻《もど》ってしまっていた。

「……大丈夫じゃねぇよ」

「すみません、自制が利《き》かなくて。いま、どきますね」

「だから、そうじゃねぇって」

弘樹の上からどこうとした野分の服を引っ張り、引き止める。弘樹はしばしの逡巡《しゅんじゅん》のあと、プライドをかなぐり捨て、腰《こし》を少しずらしていまの自分の状況《じょうきょう》を野分に伝えた。

反応しかけていたそこは、野分の太腿《ふともも》に押されるようになり、ますます切羽詰《せっぱつ》まった状態になってしまう。

「あ…あの、これってその……」

「わざわざ訊《き》くな！　別にあとで怒ったりもしねぇし、だから…っ」

ただでさえ恥《は》ずかしくて死んでしまいそうなのに、言葉になんかしたら脳が焼き切れてしまう。そのくらい察しろと睨《にら》みつけると、野分は戸惑《とまど》いを消した。

「――わかりました。……でも、俺、こういうの初めてなんで、嫌なこととかあったら云って下さい」

野分は緊張を孕《はら》む声でそう告げると、着ていた学生服の上着を脱《ぬ》ぎ捨てた。胸元《むなもと》のボタンを緩《ゆる》めたあと、弘樹の服に手をかけてくる。

「……っ」

シャツ越《ご》しに指が触れる感触《かんしょく》に、大きく体が跳《は》ねる。

それだけ過敏《かびん》になってしまっている自分が恥ずかしかったけれど、野分の震《ふる》える指を見た瞬間、自分と同じだけ緊張していることを知って少しだけ気が楽になった。

「じ…自分でやるよ、そんくらい」

「俺にやらせて下さい。初めてだから、全部やりたいんです」

「わ…かった……」

浮かせた体をベッドに沈《しず》め、羞恥《しゅうち》を堪《こら》えるために顔を背け、ぎゅっと目を瞑《つぶ》った。

見えないぶん感覚が鋭《するど》くなってしまうけれど、野分の顔を見ているとさらに落ち着かない気分になってしまうから。

「……あっ」

露《あら》わにされた素肌《すはだ》に野分の手がひたりとあてられる。その所作はいやらしいというよりも、弘樹の存在を確認《かくにん》するかのようなものだった。

ゆっくりと形を確かめるために動いていた野分の手は、弘樹の心臓の上で止まる。

「弘樹さんも、ドキドキしてるんですね」

「当たり前だろうが…っ」

これから、初めて好きな相手と抱《だ》き合うことになるのだから。

だけど、それは口にはしないでおく。これ以上、自分の恥ずかしいことを知られたくはない。

「俺ばっかり緊張《きんちょう》してるんだと思ってたから、安心しました」

ふわりと笑った気配がしたかと思うと、閉じた目蓋《まぶた》の上に柔《やわ》らかな感触が触れた。共にかかる吐息《といき》でそれが唇だということがわかる。

野分の唇は弘樹のそれを軽く啄《ついば》んだあと、愛《いと》おしむように首筋を撫《な》でていく。いたたまれなさをごまかそうと鳴らした喉を舐《な》められ、辿《たど》り着いた鎖骨《さこつ》の盛り上がりに軽く嚙みつかれた。

「ん……っ、あ……！」

心臓の上に置かれていた手によって胸元を撫で回され、すでに硬《かた》く凝《しこ》っていた胸の先に指が引っかかる。

女の子でもないのにと思うのだが、そこに触れられるとくすぐったいような痺れるような不思議な感覚がする。

「ここ、感じるんですか？」

「ばっ…そーゆーことを訊くな…‼」

思わず頭を上げて真っ赤になって叱《しか》り飛ばすと、野分は涼《すず》しい顔ですみませんと謝った。けれど、それまでの動作を止めることはなく、指の間に挟《はさ》んだ粒《つぶ》を捏《こ》ねるようにしてくる。

「や…っ、…んで、そこばっか……っ」

「弘樹さんを気持ちよくしてあげたいんです」

野分は顔を伏《ふ》せたかと思うと、執拗《しつよう》に弄《いじ》られて赤くなった場所をぺろりと舐めてきた。

「……っ」

鋭敏《えいびん》になっていたそこは温かい濡れた感触に過敏に反応し、弘樹の背筋をぞくぞくと震えさせる。それと同時にするりと腰を撫で上げられ皮膚《ひふ》が甘く痺れた。

キスだけで熱を持ち始めていた弘樹自身も痛いほどに張り詰《つ》めてしまっている。ジーンズの硬い生地《きじ》に圧迫《あっぱく》されている苦しさに、弘樹は眉《まゆ》を寄せた。

少しでも気を紛《まぎ》らわせて意識を逸《そ》らそうとするけれど、野分の愛撫《あいぶ》にそこはさらに昂《たかぶ》っていってしまう。

もどかしさのせいか、弘樹は無意識に腰を野分に擦《こす》りつけるようにしていた。

「もう、こっちも辛《つら》いみたいですね。気がつかなくてすみません」

「あ…いや……」

臆面《おくめん》もなく云われてしまうと、どう反応したらいいかわからなくなる。野分はどこまでも真面目《め じめ》な顔で、弘樹のベルトのバックルを外した。

「いいよっ、それは自分でやるから！」

下半身を脱がされるというのは、さすがにいたたまれなすぎる。しかし、どかそうとした野分の手は存外に強情で、弘樹の云うことを聞こうとはしない。

「俺にやらせて下さい」

「待っ…待てって――」

手早くジーンズを下着ごと引き下ろされ、張り詰めた器官が外気に触《ふ》れる。そういえば、この部屋には暖房《だんぼう》を入れていなかったといまさらながらに気がついた。

しかし、空気の冷たさを感じていたのはごく僅《わず》かな間のことだった。無防備になった下肢を隠《かく》す間もなく、すぐに野分の指が弘樹の昂りへと絡みつき、やわやわと揉《も》み込んでくる。

「……っ、ちょっ…んなことしないでい……っ」

そこから込み上げてくる快感に、ただでさえ甘怠《あまだる》い腰から力が抜《ぬ》けていってしまう。

野分に――好きな人にそんな場所を触《さわ》られているのだと思うと神経が過敏になり、ほんの僅かな刺激《しげき》だけで弘樹の欲望は完全に芯を持って勃《た》ち上がった。

弘樹はぞくぞくと背中を駆《か》け上がってくる快感に体を撓《しな》らせ、薄《うす》く開いた唇からは絶え間なく喘ぎを零《こぼ》す。

「…っく、う…ぁ、あ…っ」

何度か上下に擦られ、ほんの少し強く握《にぎ》られた瞬間、欲望が爆《は》ぜた。

びくびくと脈打つように吐《は》き出された白濁《はくだく》は、野分の指と弘樹の腹部を汚《よご》した。弘樹自身、あまりの呆気《あっけ》なさに呆然《ぼうぜん》としてしまう。

やがて、じわじわと恥ずかしさが込み上げてきて、耳まで熱くなった。

「ご…ごめ、俺、一人で先に……」

「構いませんよ。これで終わりになんてしませんから」

野分は、初めてで勝手がわからないと云《い》った割に余裕綽々《よゆうしゃくしゃく》と答える。そうして、腹部に散った白濁を指で掬《すく》うと、もう一方の手で弘樹の片足をジーンズから引き抜いて持ち上げた。

「なっ…!?」

何をするのかと思えば、足の間の奥まった部分へ掬い取った体液を塗《ぬ》りつけてくる。そのぬるりとした感触に、思わず身を竦《すく》ませた。

「男同士の場合、慣らしておかないとまずいんでしょう？」

「そう…だけど……っ」

ぬるぬると入り口付近を揉みしだく指の感触に眉を顰《ひそ》める。普段《ふだん》は隠された場所を野分の指が弄っているのだと思うと、それだけでのたうち回りたくなるほど恥ずかしい。

だけど、こんな無防備な格好を晒《さら》け出せるのは、相手が野分だからだ。他《ほか》の誰《だれ》にだって、こんな真似《まね》はさせたくない。

ただ、一つ希望を述べるとするならばそんな涼しい顔でそんな場所を弄らないでもらいたい。

（いったい、どこでそんな知識を仕入れたんだ…っ）

どこからどう見ても醇朴《じゅんぼく》な高校生だったはずの野分の、大胆《だいたん》な行動に戸惑《とまど》いすら感じてしまう。

「ん…っ、う……」

柔《やわ》らかくなってきたそこへ、つぷんと指先が埋《う》め込まれた。ゆっくりと指が出入りする感覚に、一瞬《いっしゅん》体が強張《こわば》った。

「痛いですか？」

「平気…だ……、んん…っ」

キツく閉じていた入り口が徐々《じょじょ》に緩み、指の抜き差しもスムーズになってきた。

だが、じりじりと奥へ進んでいく指を意識すると、そこを締《し》めつけてしまう。そうすると、野分は指をまた引き抜いてしまうのだ。

「……っ、抜くな、バカ…っ」

「え？　でも」

「俺は平気だっつってんだろ…っ！……あんま、焦《じ》らすなよ」

正直、この状態が続くのは生殺しに近い。中途半端《ちゅうとはんぱ》な快感はもどかしく、精神的に疲労《ひろう》する。

「──わかりました」

始めはおずおずと、だが迷いのない手つきで弘樹の体内を探《さぐ》ってくる。そうされているうちに、野分の指を包む粘膜《ねんまく》が時折ひくひくと痙攣《けいれん》を起こすようになった。

長い指が深くまで押し入り、内壁《ないへき》を掻《か》き回す。やがて、指は二本に増やされ、狭《せま》い器官を押し広げようと蠢《うごめ》いた。

「…っん、くっ……っあ！」

抜き差しの最中《さなか》、野分の指先が偶然《ぐうぜん》ある一点に触れた。その瞬間、一際《ひときわ》高い嬌声《きょうせい》が喉《のど》から零れ落ちる。突然《とつぜん》の反応に、野分は驚《おどろ》いた様子を見せた。

「え？　弘樹さん…？」

「そこ、触んな…っ」

「ここですか？」

触るなと云っているのに、野分は弘樹の反応を確かめようとするかのように同じ場所ばかり指の腹で押してくる。

「ぅあ…っ、やめ…って云って」

「でも、気持ちいいみたいですけど」

「バカ！　また、先にイッちまうだろ…ッ」

「イキそうなんですか？　いいですよ、何度でも」

「そうじゃなくて！　次は…一緒《いっしょ》にって……」

弘樹は恥《は》ずかしさのあまり、語尾《ごび》が小さくなっていく。まさか、自分がこんな恥ずかしい台詞《せりふ》を口にする日が来るとは思いも寄らなかった。

「弘樹さん……その顔は反則です……」

「何がだ」

「痛かったらすみません。俺もう——我慢《がまん》できない」

野分は掠《かす》れた声でそう云うと、弘樹の中から指をずるりと引き抜いた。そして、自らのフロント部分をくつろげると、弘樹の両足を深く折り曲げた。

「……っ」

さっきまで丹念《たんねん》に解《ほぐ》されていた場所に熱いものを押し当てられ、ひゅっと息を呑《の》む。心の準備もろくにできぬまま、熱の塊《かたまり》が弘樹の中に押し入ってきた。

「く……っ」

「弘樹さん、力抜いて」

「待っ……」

あまりの圧迫感《あっぱくかん》に、息継《いきつ》ぎも上手《うま》くできない。上擦った声で待ったをかけたけれど、余裕《よゆう》をなくした野分はそれを聞いてはくれなかった。

「もう待てない」

「い……ッ」

摑《つか》まれた腰《こし》を引き寄せられるようにして、一息に最奥《さいおう》まで貫《つらぬ》かれた。

深々と埋め込まれた野分の昂《たかぶ》りはジンジンと熱を持ち、力強く脈打っている。それは一切触《いっさいふ》れてはいなかったはずなのに、圧倒《あっとう》的な存在感を示していた。

それほどまでに自分を欲《ほっ》してくれていたのかと思うと、嬉《うれ》しいような気恥ずかしいような気持ちにさせられる。性急な行為《こうい》に痛みは伴《ともな》ったけれど、決して辛《つら》いわけではなかった。

「……動きますよ」

「い…っ、あ、あ…っ！」

余裕をなくした——というより、あまり表情に出ていなかっただけなのかもしれない——野分は、荒々《あらあら》しく腰を穿《うが》ってくる。

体の内側で起こる激しい摩擦《まさつ》に、弘樹はかぶりを振《ふ》った。強すぎる快感は体を蕩《とろ》けさせ、理性を吹《ふ》き飛ばす。

「んんっ、あっ、あぁ……っ」

突《つ》き上げにシーツの上をずり上がっていく体を引き戻《もど》され、高い位置から抉《えぐ》るように貫かれた。その弾《はず》みで、目尻《めじり》に溜《た》まっていた生理的な涙《なみだ》がぽろりと伝い落ちる。

「弘樹さん、泣かないで」

「泣いて…ない……っ」

零《こぼ》れた雫《しずく》を唇《くちびる》で吸い取られ、ついでのように口づけられる。攻《せ》め立てる激しさとはうらはらに、そのキスはどこまでも優《やさ》しくて、今度こそ泣きたい気持ちになった。

（こいつが好きだ——）

唐突《とうとつ》にそう思う。

こうして抱《だ》かれているというのに、それでも恋《こい》しくて堪《たま》らない。もっと傍《そば》に、いっそ一つになってしまいたい。

喘《あえ》ぐ吐息《といき》の途中、熱に浮《う》かされたままそれを口にすると、二人だから抱き合えるのだと優しく微笑《ほほえ》み返された。

だったら、もっと強く抱きしめろと命令するとその願いはすぐに聞き届けられた。

「…っ、あ、野分……っ」

切なくて恋しくて愛《いと》しくて。

そんな気持ちを抱《いだ》かせる相手が憎《にく》くもあって。

これが恋なのだと、いまさらながらに思い知る。先人の言葉はどれも正しいと思うけれど、一つだけ間違《まちが》っていることに気がついた。

初恋も叶《かな》うことがあるのだということに——。

「弘樹さん」

口づけの合間に呼ばれる名前に思わず笑みを零すと、またすぐに掻き抱かれ、唇を塞《ふさ》がれる。どうかしたのだろうかと少し引っかかったけれど、惚《ほう》けた頭ではそんな疑問もすぐに霧散《むさん》した。

弘樹は広い背中に回した腕《うで》に力を込め、自分からもキスを深くしていく。何度も何度も角度を変えて交《か》わす口づけの合間、野分は気恥ずかしそうにぽつりと告げた。

「……愛してます」

その小さな囁《ささや》きは弘樹の鼓膜《こまく》だけでなく、体中の細胞《さいぼう》を甘く蕩けさせたのだった。

◇

あれから、弘樹たちは正式につき合うようになった。とは云《い》っても、それまでの生活とさほど変化することはなかったけれど。

というのも、初めての行為《こうい》が洒落《しゃれ》にならないくらいの激しさで、弘樹の足腰が数日まともに立たなくなってしまったため、当面の間はお預けということになったのだ。

受験生にはこれからはとくに大事な時期なわけだし、あんな状態に度々《たびたび》なったのでは自分の論文も終わらない。

あの耳が垂れたようなしょぼんとした顔をするから、キスだけは解禁にしておいたけれど、それ以外のことは大学に受かってからという約束を交わしたのだ。

そうして、今日はその合格発表の日――。

野分は発表を見に行ったあと、弘樹の家に報告に寄ると云っていた。報告なんて電話ですむだろうと指摘《してき》すると、直接顔を見て云いたいのだとまた恥ずかしいことをほざいていたけれど……。

（そろそろ、だよな？　つか、俺がそわそわしても仕方ないんだが……）

落ち着けと自分に云い聞かせながら、狭い室内を歩き回る。

やがて、忙《せわ》しない足音が聞こえたかと思うと、チャイムが鳴らされることもなく、玄関《げんかん》のドアが開け放たれた。

「弘樹さん、弘樹さん！」

「お、おう、どうだったよ？」

内心は心配で堪らず心臓もバクバクいっているにも拘《かかわ》らず、そんなことはおくびにも出さずにさりげなく結果を訊《き》く。すると、野分はいつもの笑顔で答えた。

「合格しました！」

「そうか……！」

これで一安心だと、ほっと胸を撫《な》で下ろす。

やっと肩《かた》の荷が下りた気分だ。学力は充分《じゅうぶん》とはいえ、試験当日何が起こるかわからない。下手をしたら、自分の受験のときよりも緊張《きんちょう》していたような気がする。

「全部、弘樹さんのお陰《かげ》です」

「ご両親には伝えたのか？」

「あ、いえ。一番に弘樹さんに教えたかったので」

「バカ！　早く教えてやれよ」

「そうですね。すみませんが、電話を貸していただけますか？」

「ああ」

いまどきの高校生にしては珍《めずら》しく、野分は携帯《けいたい》電話を持っていない。必要性を感じないというのと、人と会話をするという行為が苦手なのだそうだ。その上、

——それに、電話をかける相手は弘樹さん以外にいませんから。離《はな》れてるときに声なんか聞いたら、すぐに会いたくなって困るでしょう?

なんてことも云っていた。

弘樹に対しては臆面《おくめん》もないことをべらべらと並べ立てるくせに、会話が苦手なんておかしなやつだと思う。

だけど、よく考えてみたら耳に押し当てた電話越《ご》しにあの囁きが聞こえてきたら、かなり心臓に悪そうだ。やはり、携帯電話は持ってもらわないほうが弘樹の身のためかもしれない。

「あ、もしもし、母さん?——うん、受かった。いま、先生の家に報告に来てるんだ。うん、わかった。伝えておく。夕飯には帰るから。うん、じゃあ」

野分はそれだけ話すと、電話をあっさりと切ってしまった。

「それだけでいいのか?」

「だって、他《ほか》に話すことないですし。あ、母が弘樹さんによろしくと云っていました。あと、ぜひ一度夕食を食べに来て下さいって」

「あー…うん…食事なぁ……」

「どうかしましたか?」

途端《とたん》に表情を曇《くも》らせた弘樹を、野分はきょとんとした顔で見つめてくる。

「お前なぁ…。俺にお前の親に合わせる顔があると思うか？」

「どうしてですか？」

「どうしてって、お前なあ！　カテキョの教え子に手ぇ出してることになるんだぞ、俺は!!」

まだ関係はバレてはいないとはいえ、弘樹自身気まずい気分になるのは目に見えている。野分の両親に感謝されればされるほど、申し訳ない気持ちになっていくに違《ちが》いない。

「どっちかというと、手を出したのは俺な気がしますけど」

「そういう問題じゃない！　これから、どうするつもりなんだ？　もうカテキョっていう大義名分がなくなるんだぞ」

勉強するという名目で逢瀬《おうせ》を重ねてきたけれど、野分が大学に入ってしまったら、『勉強』の必要性がなくなってしまう。

同じ大学に通うわけだが、構内で一年と院生が親しくしているのも、周囲からは不思議な関係に見えるだろう。いままでのように弘樹の家に来てもらうにしたって、あまり頻繁《ひんぱん》だと怪《あや》しむ輩《やから》も出てくるかもしれない。

(心配しすぎかもしれないけど)

でも、自分のせいで野分にヘンな噂《うわさ》を立てられたらと思うと、不安で堪らないのだ。

「それなら大丈夫《だいじょうぶ》です。俺、一人暮らしする予定ですから」

「は？　お前んちからでも充分通える距離《きょり》だろうが」

「そうじゃなくて。学費は出してもらいますけど、それ以外のことは大学生になったら独り立ちしようって決めてたんです。もう部屋の目星はつけてるんです」

「お前、そんなこと考えてたのか……」

ぽややんとしていて何も考えていないように見えていた野分が、密《ひそ》かにそんな計画を立てていたとは。初めは驚《おどろ》き、それからじわじわと腹が立ってきた。

（少しは相談してくれてもいいじゃねーか）

これは怒《いか》りと云うよりも淋《さび》しさなのかもしれない。そんな内心の動揺《どうよう》を見せまいと、敢《あ》えてさばさばとした態度で問いかける。

「で、場所はどこなんだ？」

「大学の先のほうなんでここからは少し離れちゃいますけど、そこなら弘樹さんが毎日来てくれても大丈夫ですよ。男子寮《りょう》みたいなとこなんで、人目は気にならないと思うんです。……本当なら一緒《いっしょ》に暮らせるといいんですけどね」

「ばっ…んな恥《は》ずかしいことできるか！」

はにかみながらつけ加えられた一言に、怒りも淋しさもふっ飛び、一気に血圧が上昇《じょうしょう》した。

「わかってます。弘樹さんなら、そう云うと思ってました」

「なっ……！　お前、最近生意気だぞ……」

「そうですか？」

「そうだよ！　態度でけーんだよ！」

「だって、弱気でいたら、弘樹さん逃《に》げちゃいそうだから」

「……っ」

ふん、と顔を背《そむ》けた隙《すき》に伸《の》びてきた腕にはふっと抱《だ》きしめられる。久しぶりの感触《かんしょく》に、心臓が止まりかけた。

「絶対に離しませんから。それだけは覚えていて下さいね」

「……やっぱり生意気だ」

野分の言葉が嬉《うれ》しくて堪《たま》らないのに、照れ隠《かく》しに可愛《かわい》くないことを云ってしまう。

こんな自分で本当にいいのかと思うけれど、向けられる笑顔《えがお》に甘えていまは都合よく解釈《かいしゃく》しておくことにしよう。

鼻先をくすぐる野分の匂《にお》いは日なたを思い出させる。何もかも包み込む温かさに、弘樹は力を抜《ぬ》いて身を任せた。

純愛エゴイスト
ライバル編

Junai Egoist

◇

「あっ、中條先生！」

「あ？」

次の講義に向かう途中《とちゅう》、中條弘樹は廊下《ろうか》に溜《た》まってお喋《しゃべ》りに花を咲《さ》かせていた女子学生に声をかけられた。

彼女たちは弘樹の受け持つゼミの学生なのだが、普段《ふだん》よりも幾分《いくぶん》テンションが高いように感じるのは、気のせいだろうか？

「何してんだ、お前ら。もう、講義が始まる時間だろう？」

足の裏に根っこが生えたみたいにその場から動く気配のない彼女たちを指導者らしく注意すると、唇《くちびる》を尖《とが》らせて反論してきた。

「まだ、あと七分ありますー。中條先生、いつも教室来るの早すぎなんですよ」

「早いって、たかが五分前だろうが」

「でも、他の先生はだいたい二、三分は遅《おく》れて来ますよ？」

「お前らは金払《はら》って勉強しに来てるんだろうが。講師が遅れてくることを喜ぶな」

「ホント、中條先生は真面目《まじめ》ですよね～。時間ギリギリまで講義してるのって、先生くらいですもん」

「何云《い》ってる…。教員が不真面目でどうするんだ？」

弘樹はN大文学部国文学科に所属する助教授だ。

若くしてこの地位に就《つ》いたことは、地道な研究姿勢を評価してもらったのだと自負しているが、だからといっていまの立場にふんぞり返るつもりはない。

しかし、やはりそれなりのやっかみや興味本位の視線もある。生まれつき色素の薄《うす》い髪《かみ》だとか、少し下がり気味の眦《まなじり》のせいで年齢《ねんれい》以上に若く見られるために、助教授だと信じてもらえないことも多い。

そういった諸々《もろもろ》に対して隙《すき》を見せたくないという気持ちもあるし、後進を育てることも大事だと思うから、つい講義には気合いを入れすぎてしまうところもあるのだろう。

確かに文学部には、ギリギリの出席数とレポートで単位がもらえる講義がいくつもあるし、何十年も前に作ったノートをただ読み上げているような教授も少なくない。

しかし、授業料を払って学びに来ている学生に対して、気を抜《ぬ》いた講義をするのは失礼ではないかと弘樹は学生時代から思っていた。

だからこそ、自分が教鞭《きようべん》を執《と》る立場になったときにはできる限り誠意ある講義をしようと、以前から心に決めていたのだ。

「それより、学祭の話してたんですけど、先生知ってますか？　学祭のジンクスって」

「はあ？　何だそれ」

突然《とつぜん》の話題の転換《てんかん》について行けず、弘樹は間の抜けた返事をしてしまった。

怪訝《けげん》な顔をする弘樹を余所《よそ》に、彼女たちは尚《なお》も盛り上がる。

「あれ？　中條先生ってウチの卒業生じゃないんだっけ」

「え、でも、村上《むらかみ》先生は卒業生じゃないけど、知ってたよ？」

「中條先生、そういうの疎《うと》そうだもん。仕方ないよー」

「……悪かったな。世情に疎くて」

好き勝手なことを云われ、眉間《みけん》に皺《しわ》が寄る。しかし、ここで腹を立てては大人気ないと思い、弘樹はぐっと怒《おこ》りたい気持ちを抑《おさ》えた。

「じゃあ、先生にも教えてあげる！」

「学祭の間に告白してOKがもらえたら、末永く幸せになれるってジンクスがあるんですよ」

彼女たちの騒《さわ》いでいたジンクスとやらの内容を聞き、弘樹は肩透《かたす》かしを食《く》らった気分だった。

「ずいぶん、アバウトだな。学祭期間なら、世界中のどこにいても構わないのか？」

「それはもちろん構内ですよ。あっ、あと、人に見られちゃダメなんです！　絶対に二人っきりでなきゃ！」

女の子たちが恋愛《れんあい》ネタが好きなのはわかりきっていたことだけれど、あまりにお約束で都合がよすぎる話だ。これでは誰《だれ》でも簡単に実行できてしまうではないか。

差し詰め、たまたま恋《こい》を実らせた卒業生の誰かが、ジンクスと称《しょう》して云い触《ふ》らしたことに違《ちが》いない。

「まあ、ありがちなネタだな」

「あーっ、ジンクスなんてくだらないとか思ってるんでしょう？　ウチの大学のジンクスは本物なんだから！」

「はいはい。わかったから、早く教室行け。俺も講義があるんだよ」

「もうっ！　やっぱり、信じてないっ」

追い払うような仕草をして行こうとすると、彼女たちの一人が頬《ほお》を膨《ふく》らませる。

信じるも何も、指導者の一人としてそんな噂話《うわさばなし》に本気になって加わるわけにはいかないだろう。弘樹は教授陣《じん》の中では若手なせいで、学生たちとしては歳《とし》が近いぶん話しやすいのだろうが、もう少しくらい敬った態度を取って欲しいものだ。

弘樹が背を向けようとした途端《とたん》、黙《だま》って話を聞いていた眼鏡《めがね》の学生がおもむろに口を開いた。

「先生知りません？　近代文学の佐藤《さとう》先生の奥さんの話」

「ああ、毎日愛妻弁当で、定期入れに奥さんと娘《むすめ》さんの写真入れてるってやつだろ？」

学内では愛妻家として有名な教授の名前を出され、聞き流して行ってしまおうと思っていた弘樹は踏《ふ》み出そうとしていた足を止めた。

確か、長女は来年成人式だと云っていた。結婚《けっこん》してだいぶ経《た》つというのに、いまでも睦《むつ》まじいという夫婦仲《ふうふ》は正直羨《うらや》ましい。

「実は佐藤先生、ここの卒業生で、四年の学祭んときに奥さんにプロポーズしたんですって。佐藤ゼミの子から聞いたから、信憑性《しんぴょうせい》高いです。いまでも奥さんにメロメロだって云ってました」

「……ふぅん」

「あと、ウチのOGでエッセイストの大川《おおかわ》しおりって、おしどり夫婦で有名じゃないですか。あの人、自分の本にジンクスのこと書いてましたよ。あと、去年卒業したサークルの先輩《せんぱい》も学祭でつき合うようになったんですけど、先月結婚式があってラブラブ新婚中だし……このジンクス、あながち眉唾《まゆつば》モノでもないと思いません？」

「へえ……」

立て板に水とばかりに真顔で語られ、つい聞き入ってしまった。

（末永く幸せに、か……）

弘樹は脳裏《のうり》に、自分の恋人の顔を思い浮《う》かべた。

恋人とは紆《う》余曲折《よきょくせつ》ありながらもこれまで続いてきているが、十年後、二十年後も、いまのように一緒《いっしょ》にいられるのだろうか？

お伽噺《とぎばなし》の中では想《おも》いが通じ合ったら、めでたしめでたしでお終《しま》いだ。しかし、現実ではそれはスタートラインでしかない。

二人で幸せに暮らしていくには、お互《たが》いの努力が必要になる。人の気持ちは移ろいやすい。つき合い始めた頃《ころ》の気持ちをいつまでも同じように抱《いだ》き続けていくのは、難しいことだ。

生活リズムが違えば、気持ちも時間もすれ違うことが多くなる。仕事に忙殺《ぼうさつ》され、心の余裕《よゆう》もなくなり、顔を合わせれば、ささくれ立った気持ちでケンカになることだってある。

好きだという気持ちは大きくなりこそすれ、消えることなんてない。ただ、素直《すなお》になれない自分は、思うように気持ちが伝えられないもどかしさに、その苛立《いらだ》ちを八つ当たりのようにして相手にぶつけてしまうのだ。

本当は疲《つか》れただろうと労《ねぎら》ってやったり、素直に甘えたいだけなのに――。

「先生は、学祭はどうするんですか？」

「へ？」

「彼女とか誘《さそ》わないんですか？」

「ば、バカ云えっ！　その日はお前たちの監督《かんとく》をしなくちゃいけないんだぞ！　そんなことしてる暇《ひま》あるか!!」

突然の直球の質問に、普段装《ふだんよそお》っているクールさなどどこかに忘れ、弘樹は思いきり狼狽《うろた》えてしまった。たったいま、恋人のことを考えていたこともあり、不覚ながら赤面までしてしまう。

だが、しまったと思ったときには、もう遅《おそ》かった。

「じゃあ、彼女はいるんだー！　いいこと聞いちゃった」

「えー、どんな人なんですか？」

「年上とか？　美人系？　それとも、可愛《かわい》いタイプ？」

「大人をからかうなっ！」

興味津々《きょうみしんしん》で詰《つ》め寄ってくる学生たちに堪《こら》えきれなくなり、怒鳴《どな》りつける。しかし、いつものような効力は得られず、学生たちはきゃあきゃあと騒ぎたてるだけだった。

「いいからさっさと講義に行け！」

「はぁーい」

彼女たちは囀《さえず》るように笑い合いながら、すぐ近くの教室へと入っていった。

「…ったく……」

弘樹もため息を一つついたあと、講義を行う一番奥の教室へと足を向ける。

腕時計《うでどけい》を見ると、講義開始時間まで残り一分だった。一度も講義を休講にしたことがなく、大抵《たいてい》五分前には教室に着いている弘樹がギリギリになるなんて、待っている学生たちはさぞ驚《おどろ》いていることだろう。

つかつかと歩きながら窓の外に目を遣《や》ると、色鮮《いろあざ》やかなペンキで塗《ぬ》られた看板が地面に並べられているのが目に入った。幾人《いくにん》かは塗り終わっていないパネルの上で奮闘《ふんとう》している。

そういえば、学祭当日まであと十日ほどしかない。学生が浮かれてしまうのも無理はないかもしれないと弘樹は思い直す。

（……学祭のジンクスねえ）

彼女たちは本気で信じているのだろうか？　期間中に告白するくらいのことで一生幸せになれるというのなら、自分だって試《ため》してみたい気もする。

（でも、どうやって？）

弘樹の恋人はこのN大に在学していたとはいえ、もう卒業してしまった身だ。大学に来ることなどありえない。

それに、自分は学祭の文学部の監督責任者を押しつけられてしまったため、休みのはずの土日も大学に出てこなくてはならなくなっている。

『——彼女とか誘わないんですか？』

ふと、さっきの学生の言葉を思い出す。

（誘ったら来るかな、あいつ……）

ここしばらくはすれ違いばかり。顔を合わせるとしても一瞬《いっしゅん》だけだった。

久々の休みも学祭に重なってしまい、一緒に過ごすことを諦《あきら》めていたのだが、相手が来てくれればその問題も解消できる。

どうせ、監督といっても特にすることがなく暇なのだ。学祭でデートだなんて、子供っぽいかもしれないけれど……。

「なっ、何だ？」

「……せい、……先生？　中條先生！」

突然《とつぜん》、背後から声をかけられた弘樹は、飛び上がらんばかりに驚いてしまう。

慌《あわ》てて振《ふ》り向くと、講義によく遅刻《ちこく》してくる橋本《はしもと》という名の男子学生がそこにいた。

物静かで、講義に臨《のぞ》む姿勢態度は誰《だれ》よりも真剣《しんけん》な彼は、見上げるほどの長身に眼鏡をかけた出《い》で立ちが印象的な学生だった。

担当するゼミにも在籍《ざいせき》している学生ということもあって顔を覚えていた。

遅刻をするくせ真面目《まじめ》に聴講《ちょうこう》している態度を不思議に思い、いつだったか遅刻の理由を尋《たず》ねてみたところ『生活費を稼《かせ》ぐためにバイトをしているせいだ』と云っていた。

いまどきこんな学生もいるものだと感心し、そういえば似たようなやつが昔いたな、と思ったことを記憶《きおく》している。

「大丈夫《だいじょうぶ》ですか？　何かぼんやりされてますけど……」

「あ、だ、大丈夫だ。ちょっと寝不足《ねぶそく》で、立ち眩《くら》みがしただけだから」

咄嗟《とっさ》に思いついた云い訳で取り繕《つくろ》う。講義に関しては真面目で厳しいと評判の自分が、妄想《もうそう》じみた考えごとで廊下《ろうか》でぼんやりしていたなどと悟《さと》られるわけにはいかない。

「具合悪いんですか？　今日、休講にしたほうがいいんじゃないですか？」

「これが終わったら昼飯だから何とかなる。心配させてすまないな。ほら中に入れ」

橋本を先に教室に入るよう促《うなが》し、弘樹は深呼吸して胸のうちを落ち着かせる。

(危なかった……)

うっかり、口元が緩《ゆる》んでいたかもしれない。いくら、恋人に会えずに欲求不満になっているからといって、教育の場で気を抜《ぬ》くなんて何たる失態。

表情を引きしめ直して助教授の顔を作ると、弘樹はガラリと教室のドアを開けた。

「遅《おく》れてすまない。講義を始めるぞ」

大学からの帰り、弘樹はいつものように恋人の部屋に寄った。

もらった合鍵《あいかぎ》を使って中に入り、真っ暗な室内に自分で明かりをつける。

そして、誰もいない静かな部屋で、弘樹は力なく肩《かた》を落とし、ため息をついた。

「……やっぱり、まだ帰ってないか」

今日で一週間も直接顔を合わせていないことになる。先週会えたときだって、すぐに病院に呼び戻《もど》されてしまい、二人で過ごせたのは三十分にも満たなかった。

でも、いつからだろう？　睡眠《すいみん》も食事もまともに摂《と》れていないだろう恋人のために、毎日部屋に寄って食事を作って待っているようになったのは。

すれ違《ちが》いばかりの生活で少しでも接点を持てたらと始めたことだが、思ったように上手《うま》くはいっていない。あと十分、あと五分と待っていても、離《はな》れた場所に住んでいる弘樹の終電の時間が先に来てしまい、帰らざるを得なくなるのが常だ。

大学へはこの部屋のほうが近く、泊《と》まっていったとしても通勤に困ることはないけれど、相手が疲れて帰ってきて、朝も早いとわかっているのに、気を遣《つか》わせるようなことはしたくない。長くつき合っていきたいからこそ、弘樹は相手に迷惑《めいわく》をかけることだけはしたくないと思っていた。

（あ、なくなってる……）

スーパーの買い物袋《ぶくろ》を手に提《さ》げ、こぢんまりとしたリビングを覗《のぞ》くと、昨日テーブルに用意しておいた食事が綺麗《きれい》になくなっていることを確認《かくにん》し、弘樹はほっとした。会えないぶん募《つの》っていく不安も、この瞬間《しゅんかん》だけはほんの少しだけ緩むような気がする。

料理は胸を張れるほど得意なわけではないけれど、弘樹は栄養バランスを考えたメニューを作るようにしていた。生活が不規則な恋人《こいびと》に、自分がしてやれることといったら、これくらいのことしかないのだ。

「さて、と」

弘樹は椅子《いす》にかけたままになっていたエプロンをつけると、両手の袖《そで》を捲《まく》る。そして、買ってきた食材を冷蔵庫に入れながら、料理の手順を考えていると、突然、バンッと玄関《げんかん》のドアが開き、息を切らせた恋人、風間野分が部屋に飛び込んできた。

「弘樹さんっ」

「な……っ!?」

悠長《ゆうちょう》に驚いている暇《ひま》もなく、弘樹はまるで台風に攫《さら》われるかのようにして、その腕《うで》に抱《だ》きしめられた。

「――やっと会えた」

「の、野分…？」

「この感触《かんしょく》……夢じゃないんですね……」

背骨が折れてしまうのではないかと思うほどの腕の強さに、まともに呼吸すらできない。自分よりも体格のいい相手に、細身の体をぎゅうぎゅうと締めつけられ、弘樹は息苦しさに喘《あえ》いだ。

押しつけられたシャツからは、微《かす》かに汗《あせ》の匂《にお》いが混じった体臭《たいしゅう》がする。ずっと焦《こ》がれていた温《ぬく》もりを全身に感じ、弘樹は胸が締めつけられた。

（こうして抱きしめられるのも、凄《すご》く久しぶりかもしれない……）

そう思いながら、陶然《とうぜん》と腕の中で温もりを味わっていた弘樹だったが、次第《しだい》に強くなるその腕の力に耐《た》えきれなくなり、仕方なくドンドンと野分の背中を叩《たた》いた。

「ちょっ、く…苦しいって！　野分!!」

「あ、すみません。嬉《うれ》しさのあまり、つい」

しかし、ようやく腕を緩めてくれたものの、野分は完全に弘樹を解放しようとはしなかった。

「……ったく」

自分よりも背の高い野分の顔をちらりと見上げると、申し訳なさそうな微笑《ほほえ》みが目に入る。

（あれ…？）

野分の呼吸がずいぶんと荒《あら》い。もしかしたら、このエレベーターのないマンションの一階から、四階のこの部屋まで走ってきたのだろうか？

「本当に本物の弘樹さんだ。全然会えなくて淋《さび》しかったです」

「そ、そうか」

嬉しそうに笑う野分に、弘樹のほうも照れて顔が赤くなっていく。

N大の医学部を卒業した野分は、今年から研修医として仕事に忙殺《ぼうさつ》される日々を送っていた。忙《いそが》しさに反比例するような給料の安さに文句を云うこともなく、夢を叶《かな》える一歩を着実に進んでいる。きっといまの野分と比べたら、弘樹のほうがずっと暇かもしれない。

「弘樹さん、少し痩《や》せましたか？お仕事、忙しいんですか？」

「それはお前のほうだろ？　ちゃんと睡眠《すいみん》時間取れてんのか？」

「まあ、何とか。でも、弘樹さんのご飯のお陰《かげ》で元気いっぱいですよ」

大人びた表情で笑うところは出逢《であ》ったときから変わっていない。走ってきたせいで少し乱れた漆黒《しっこく》の髪《かみ》も、切れ長で深い闇《やみ》の色をたたえた瞳《ひとみ》もそのまま。それに誰もが見惚《みと》れる端整《たんせい》な顔立ちも、少し歳《とし》を重ねたぶん、落ち着いた雰囲気《ふんいき》がしっくりと馴染《なじ》むようになってきていた。

(悔《くや》しいくらい、男前だよな……)

同性の弘樹から見ても、野分は思わず見惚れてしまうくらいカッコいい。

だけど、目を瞑《つぶ》っても細部まで詳細《しょうさい》に思い出せるくらい見つめてきた顔だというのに、いまでもこうして対面するたびに心臓が早鐘《はやがね》を打つのはどうしてだろう?

愛《いと》おしげな視線がいたたまれなくて、弘樹はわざと大きな声で会話を切り出した。

「あー、その、あれだ。それにしても、そんなに急いで帰ってこなくてもいいだろうに。見たい番組でもあったのかよ?」

「いえ。外から自分の部屋を見上げたら明かりがついていたので、もしかしたら弘樹さんが来てるのかと思って」

「ば、バカだな。そのくらいのことで急がなくたって……」

野分の言葉は嬉しかったけれど、照れ隠《かく》しにそんな憎《にく》まれ口を叩き、怒《おこ》っているような顔をしてしまう。照れ屋な弘樹は、つき合って数年経《た》つというのに、未《いま》だこういったことに慣れていないのだ。

「俺、少しでも長く弘樹さんと一緒《いっしょ》にいたいんです」

「つ、疲《つか》れてるだろうし、先に風呂《ふろ》に入ってこい。その間にメシ作っとくから」

そっけなく告げても、まだ野分は弘樹の体を離そうとはしない。

「ありがとうございます。でも、その前に云《い》い忘れていたことがありました」

「?」

(云い忘れていたことって……?)

何のことかと弘樹が首を傾《かし》げると、すぐに野分の顔が近づいた。

「弘樹さん、ただいま」

柔《やわ》らかな感触が唇《くちびる》に触《ふ》れ、一瞬《いっしゅん》何が起きたのかわからず惚《ほう》ける弘樹だったが、数秒後、これ以上ないくらいに真っ赤になった。

「……っ!?」

高校生ではないのだから、この反応はどうかと自分でも思うけれど、次第《しだい》に顔が熱くなっていくのを止められない。

恥《は》ずかしさに言葉を継《つ》ぐことができず、口をぱくぱくさせていると、野分はくすりと笑《え》みを零《こぼ》した。

「弘樹さん、可愛《かわい》いです」

「そ、そういうことは云わないでいいっ」

「どうしてですか?」

「どうしてって……二十八にもなる男相手に云う台詞《せりふ》じゃないだろうが……」

真顔で問い返され、弘樹はぐったりする。野分のこの天然なところに、いつも弘樹は振《ふ》り回されてしまうのだ。

そもそも、弘樹の容姿はお世辞にも可愛いほうではない。なのに、どこをどう見たら、そういう言葉が出てくるのだろう。野分の優秀《ゆうしゅう》な頭脳は、どこか一般《いっぱん》的な常識が抜《ぬ》け落ちている気がする。

「歳は関係ありません。弘樹さんが可愛いのは本当なんですから」

「……云ってろ、このバカ」

真面目《まじめ》に云われ、結局はますます自分が恥じ入るハメになる。

「弘樹さん」

「……んだよ」

「もう一度、ちゃんとしてもいいですか？」

「…………好きにしろ」

うん、と一言云えばいいのに、どうしてもそれができない。野分はそんな弘樹に『はい』と頷《うなず》くと、慣れた手つきで弘樹の腰《こし》を引き寄せた。

「弘樹さん」

「……っ」

耳元で名前を囁《ささや》かれ、背筋がゾクゾクと震《ふる》える。野分は反射的にぎゅっと目を瞑った弘樹の顎《あご》をくっと持ち上げると、唇を塞《ふさ》いできた。その瞬間、弘樹の体は血液が沸騰《ふっとう》したかのように熱くなり、全身を電流のようなものが走り抜ける。

「んん……っ!?」

クールなふりを装《よそお》っていても、野分のキスはやけに荒々《あらあら》しい。唇を貪《むさぼ》られたかと思うと、いきなり舌を捩《ね》じ込まれ、口の中を探《さぐ》られる。驚《おどろ》いて体を引きかけたけれど、野分の拘束《こうそく》は少しも緩《ゆる》まず、それどころか頭の後ろを手で押さえられ、さらに口づけを深くされた。

「ん……ぅ……」

ざらりと舌が擦《こす》れ合うたびに、体の奥がズクリと疼《うず》く。久しぶりの濃厚《のうこう》な接触《せっしょく》に、四肢《しし》はわななき、頭の中まで痺《しび》れていくようだった。

口腔《こうこう》が掻《か》き回されるたびに混じり合う唾液《だえき》が、口の端《はし》から伝い落ちていく。

（やば……腰が抜け――）

「あ……ッ」

執拗《しつよう》に口腔を舐《な》め回されているうちに、とうとう、カクンと膝《ひざ》が折れてしまった。

ずり落ちそうになる体を野分の力強い腕が支えてくれる。

「大丈夫《だいじょうぶ》ですか？」

「わ、悪《わり》い……」

いくら久しぶりだからといって、たかがキスごときで腰が抜けてしまったなんて情けないと、弘樹は思わず赤面してしまう。

「弘樹さんも俺に餓《う》えていてくれたって受け取ってもいいですか？」

「ば、バカ…ッ」

思わせぶりな笑みを浮《う》かべながらそう云われ、恥ずかしさに悪態をついてしまう。

云いたいのは、そんなことじゃないのに、いつも気持ちとはうらはらな言葉が口をついて出てしまうのはどうしてだろう？

「俺はキスなんかじゃ足りない。もっと、弘樹さんを感じたいです。――いますぐ、弘樹さんが欲しい」

ストレートな野分の言葉に、ぞくりと背筋が震える。全身が心臓になってしまったかのように、鼓動《こどう》が激しく高鳴った。

弘樹はこくりと喉《のど》を鳴らし、震える唇をゆっくりと開く。

「………も」

「え？」

「……俺も、お前が欲しいよ」

いまにも消え入りそうな小さな声でそう云った瞬間、ふわりと体が浮いた。驚く間もなく野分に抱《だ》き上げられ、弘樹は寝室《しんしつ》として使っている部屋へと連れて行かれる。

「野分――んぅ…っ」

ベッドに下ろされた途端《とたん》、すぐにのし掛《か》かってきた野分は、荒々しいキスをしながら忙《せわ》しない手つきで弘樹のネクタイを引き抜く。ワイシャツのボタンを外され、露《あら》わになった肌《はだ》にかさついた手の平が触れた。

「んん……ん……っ」

「弘樹さん」

「待っ……俺ばっかり……」

自分ばかりが翻弄《ほんろう》されることが悔しくてそう云うと、余裕《よゆう》のない声で囁かれる。

「じゃあ、弘樹さんは俺のを脱《ぬ》がせて下さい」

縺《もつ》れるようにしてお互《たが》いの服を脱がせ合い、明かりをつけないままの薄闇《うすやみ》に素《す》肌《はだ》を晒《さら》す。

久々に触れる野分の体は、また一段と逞《たくま》しくなったような気がした。

触れ合う肌が発火しているみたいに熱くなり、すぐにじっとりと汗《あせ》ばんでくる。

「ふっ……ぅん、んっ」

野分の背中に腕《うで》を回し、弘樹は強くしがみつく。されるばかりのキスがもどかしくて、自分からも舌を絡《から》めた。すると、今度は敏感《びんかん》な舌先を強く吸い上げられ、びくんと体が跳《は》ねる。その弾《はず》みに浮いた腰が、野分の足に触れた。

「ンッ！　ん、ん…っ」

すでに勃《た》ち上がりかけていた弘樹の昂《たかぶ》りは、些細《ささい》な刺激《しげき》にも敏感に反応してしまう。じくじくと腰の奥が疼き、弘樹の全身を震わせた。

下腹部に溜《た》まった熱を意識した途端、自分の太腿《ふともも》に当たる熱量に気がつく。張り詰《つ》めたそれは、すでに余裕がなさそうだ。

「すみません、弘樹さん。今日は歯止めが利《き》きそうにないです」

「そんなもんいるか。……俺だって、早く欲しい」

上擦《うわず》る声で告げると、野分の瞳《ひとみ》が一瞬揺《ゆ》れ、獣《けもの》じみた光りを宿した。

「泣いてもやめてあげられませんからね」

「え…？　わっ！　野分？」

いきなりうつ伏《ぶ》せにされたかと思うと、慌《あわ》ただしく下肢《かし》の着衣を下げられる。そして、羞恥《しゅうち》を感じる間もなく、濡《ぬ》れた冷たい感触《かんしょく》が足の間に触れてきた。

「冷た……っ」

「すみません」

いつもなら手の平で温めてから使うはずのローションが、そのまま塗《ぬ》りつけられる。秘《ひ》めた場所をぬるぬると指先でなぞられ、弘樹は思わず下肢に力を入れた。

「あ…っ!?」

堅《かた》く閉《と》ざした入り口を撫《な》でていた指先が、不意に中に押し込まれる。侵入《しんにゅう》してきた異物は、容赦《ようしゃ》なく奥へ奥へと進んでいく。

「弘樹さん、力抜いて」

「ちょっ、待っ……あ、ん…っ」

太い指を少しずつ飲み込まされていく感覚に、上擦った声が上がった。内壁《ないへき》の粘膜《ねんまく》は野分の指に絡みつく。すると、野分は乱暴な抜き差しを始めた。

強張《こわば》って締《し》めつけようとする入り口を揉《も》み解《ほぐ》し、ひくつく内壁を擦り、狭《せま》い器官を押し広げようと掻き回してくる。

「う……く……」

体を内側から弄《いじ》られるこの奇妙《きみょう》な感覚は、いまでも慣れない。ベッドカバーを握《にぎ》りしめることで耐《た》えていると、野分が内部にある一点を強く押してきた。

「うぁ…っ」

「ここ、ですよね？」

「…っあ、あ、あ…！」

しこりのようなそこを、野分は執拗に擦ってくる。そのたびに言葉にならないような感覚が生まれ、強張っていた下肢からは力が抜けていく。

やがて中を掻き回す指が増やされたけれど、痛みは何も感じなかった。それどころか、もっと確かなものが欲しいとさえ思ってしまう自分を弘樹は自覚していた。

もどかしさにおかしくなりそうな体を持て余し、弘樹はシーツに爪《つめ》を立てる。

「あんまり煽《あお》らないで下さい。これでも、我慢《がまん》してるんですから」

苦笑《くしよう》交じりの声は心なしか掠《かす》れていた。

くちゅくちゅという水音がどこか遠いところから聞こえているように感じ始めた頃《ころ》、体内からずるりと野分の指が引き抜《ぬ》かれ、突然《とつぜん》の喪失感《そうしつかん》に息を呑《の》む。

「……っ」

腰《こし》を高く持ち上げられ、それまで執拗に掻き回されて柔《やわ》らかく蕩《とろ》けた場所へ、熱いものを押し当てられた。

「あっ…っ」

「力を抜いておいて下さいね」

「いっ……」

ぐっと腰を引き寄せられ、その切っ先がめり込んでくる。指とは比べものにならないほどの質量に、弘樹は充分《じゆうぶん》に解されていない粘膜に引き攣《つ》るような痛みを感じた。しかし、野分は体に馴染《なじ》むのを待つことなく、自身を一息に奥まで捩じ込んでくる。

「あ…あぁあ…っ！」

内臓がせり上がってくるような圧迫感《あつぱくかん》に、息が詰まる。限界まで押し広げられた粘膜は、いまにも破けてしまいそうだった。


「も…っ、いい…から……っ」

埋《う》め込まれた野分の昂りはドクドクと激しく脈打ち、火傷《やけど》してしまいそうなほど熱くなっている。繋《つな》がり合った場所を意識すると、飲み込んだ野分の欲望の形を思い知らされた。

だけど感じるのは、痛みや苦しみを凌駕《りょうが》してしまうほどの充足感《じゅうそく》。無理に広げられた場所が辛《つら》くないとは云《い》わないけれど、それ以上に弘樹の体は野分に餓えていた。

「弘樹さん、少し緩《ゆる》めて」

「……、でき…な……っ」

弘樹がなかなか思うように力を抜くことができずにいると、野分はおもむろに浮いた腰の前方へと手を伸《の》ばしてきた。

「あ…っ!?」

ピンと張り詰めた自身に、長い指が絡みつく。先端《せんたん》をぬるりと撫でられ、そこがすでに体液を滲《にじ》ませていることがわかった。

昂った欲望の形を確かめるようにされると、そこは硬度《こうど》を増していく。すると、ゆるゆると擦るばかりだった指が、だんだんと強弱をつけて動き始めた。

「あ…ぁ……っ」

握り込む形で自身を上下に扱《しご》かれ、快感に強張りが緩む。野分は前への愛撫《あいぶ》を施《ほどこ》しながら、ゆっくりと腰を遣《つか》ってきた。

徐々《じょじょ》に激しさを増す律動。体の奥を荒々《あらあら》しく穿《うが》たれ、ガクガクと揺《ゆ》さぶられると、ひっきりなしに喘《あえ》ぎ声が上がった。

「く…っ、あ、ぁあ……っ」

野分の昂りをくわえ込んだ場所は、擦り上げられる快感にひくひくと打ち震《ふる》える。腰を回すように動かされれば、蕩けた粘膜がかき混ぜられ、その云いようもない感覚に下肢が小刻みに痙攣《けいれん》した。

野分は弘樹の腰を掴《つか》み直すと、中から自身をギリギリまで引き抜く。そして、すぐに擦《す》れ合う感触に震えていた腰を、力任せに引き寄せた。

「あ…あぁあ…ッ」

勢いよく内壁を擦られる刺激に、一際《ひときわ》高い嬌声《きょうせい》が上がる。何度も何度も穿たれ、激しい摩擦《まさつ》に全身が熱くなった。

「う…ぁ…っ、あ…もっと……っ」

「こう、ですか？」

「あっ、ちが……あぁッ、あ……っ」

貫《つらぬ》かれるたびに体が跳ね、背中が弓なりに撓《しな》る。わざと感じやすい場所を避《さ》けるようにして最奥《さいおう》を突《つ》き上げられ、もどかしさに腰を揺らめかせると、角度を変えて内壁を抉《えぐ》られた。

「あぁ…っ、あ…そこ……っ」

その衝撃《しょうげき》に背筋を快感が走り抜け、繋がり合った場所が無意識に狭くなる。

「ここがいいんですか？」

「あぁ…っ、い……ん…っ」

欲しかった刺激《しげき》を与《あた》えられ、全身が蕩けてしまいそうになる。ベッドカバーに顔を埋《うず》め、弘樹は強すぎる快感に攫《さら》われそうな意識を引き止めた。

「あ…っ、あっ、野分……っ」

無意識に名前を呼ぶと、弘樹を穿つ昂《たかぶ》りがまた大きくなる。激しくなった抽挿《ちゅうそう》にぐちゅぐちゅと淫《みだ》らな音が響《ひび》き、羞恥に体の熱が煽り立てられた。

めちゃくちゃに掻《か》き回される体内と共に、頭の中までがぐちゃぐちゃになる。それでも、体内に渦巻《うずま》く欲望は、出口を探して暴れ回っていた。

「はっ……あ、あ…っ」

突き上げはさらに激しくなり、体内で起こる摩擦も酷《ひど》くなる。生まれる熱はどこまでも熱く、境界が溶《と》けて混じり合ってしまうのではないかと思うほどだった。

しかし、限界近くまで追い詰められたところで、野分の動きはピタリと止まってしまった。

「な…に……？」

もう少しというところで快感を塞《せ》き止められた弘樹は、戸惑《とまど》いながら首を無理遣《や》り捻《ひね》り、野分の表情を窺《うかが》う。

「すみません、弘樹さん。つけるのを忘れてしまったんですが、中に出してもいいですか？」

「ば、バカッ…んなことしたら……」

（後始末がかなり大変になるけど…）

だからといって体内にされることは、本音を云えば弘樹は嫌《きら》いではなかった。しかしそのときだけは気持ちよくても、事後処理も面倒《めんどう》だし体も辛くなる。それに行為《こうい》のあとぐったりとしていると、野分があれこれと世話を焼いてくれてしまうのだ。同じように疲《つか》れている野分に、自分の後始末までさせてしまうのは申し訳ない。

（でも、今回は仕方がない…かな…）

お互《たが》い、こんな状態で寸止めすることになるのは正直厳しいし、野分がそうしたいというのならさせてやりたい気持ちもある。

だが、終わったあと自分で後始末をすればいいのだと決意した途端《とたん》、野分は諦《あきら》めたような口調で云ってきた。

「——やっぱり、ダメですよね？」

深々と穿たれたものを引き抜かれそうになり、弘樹は慌《あわ》ててしまった。こんなところで中《ちゅう》途半端《とはんぱ》にやめられるわけにはいかない。

「じゃなくてっ！　もう、い……から…っ」

「本当にいいんですか？」

気恥《きは》ずかしさに言葉を濁《にご》す弘樹に、野分は尚《なお》も確認《かくにん》してくる。弘樹は半ば自棄《やけ》になり、吐《は》き捨てるように告げた。

「出していいから、早く……ッ」

「わかりました」

野分は次の瞬間《しゅんかん》、抜きかけた楔《くさび》で最奥を勢いよく穿ってきた。

「あぁあ…っ！」

再開した動きはいままで以上に激しく、焦《じ》らされたぶん、感覚がそれまで以上に鋭《するど》くなっている。背中に当たる息遣《いきづか》いや腰に食い込む指の感触《かんしょく》——弘樹の神経は、そんなふうに与えられる刺激を一つ残らず拾い上げ、全《すべ》てを快感に変えてしまう。

「くっ、あ…っ、もうっ……」

「弘樹さん……っ」

名前を呼ばれた瞬間、ぶるりと背筋に震えが走る。限界に近かった弘樹は、その衝撃でギリギリまで堪《こら》えていた熱が爆《は》ぜてしまった。

「…っあ!? あぁあ…っ、あー…っ」

ビクビクと下腹が痙攣し、白濁《はくだく》がシーツに飛び散る。そして絶頂の余韻《よいん》に麻痺《まひ》する体を数回激しく突き上げられたかと思うと、一番奥に熱いものが叩《たた》きつけられた。

「……ッ」

「……あ……」

体内にじわりと広がる熱に、ゾクゾクと四肢《しし》が震える。野分は欲望を全て吐き出すと、弘樹の腰《こし》を抱《かか》えたまま、どさりとベッドに横になった。

密着する背中はすっかり汗《あせ》を掻き、べたつくほどだ。それでも不快に思わないのは、相手が野分だからだろう。

「汗、掻いちゃいましたね」

唇《くちびる》が触《ふ》れるほどの距離《きょり》で囁《ささや》かれ、鼓膜《こまく》が甘く痺《しび》れる。少し高めの落ち着いた声が心地《ここち》いい。後ろからぎゅっと強く抱《だ》きしめてくる腕《うで》の温《ぬく》もりに、弘樹はそっと目蓋《まぶた》を下ろした。

「……うん……」

終わったばかりのせいでふわふわとした気分が抜《ぬ》けきらず、喋《しゃべ》る言葉も舌足らずになってしまう。荒《あら》くなっていた呼吸が落ち着き始めた頃《ころ》、おもむろに尋《たず》ねられた。

「お風呂《ふろ》、どうしますか？」

「……入る」

気怠《けだる》い体を動かすことは正直辛いけれど、野分に手間をかけさせるわけにはいかない。

しかし、熱に浮《う》かされた体はなかなか云うことを聞かない上に、起き上がろうにもしっかりと腰を抱かれたままの状態では動くに動けなかった。

「こら、離《はな》れろって。……俺は色々やることがあんだから」

「じゃあ、一緒《いっしょ》に入りましょうか？　俺、手伝いますよ」

「い、いいよ、お前は寝《ね》てて」

「中に出したのは俺なんだから、責任取らせて下さい」

「……っ」

真摯《しんし》に囁かれると嫌《いや》とは云《い》えなくなる。年上らしくと思うのに、行為のあとはついつい甘えてしまうのだ。

「でも、もうちょっとこうしていていいですか？」

「……うん」

抱きしめられる腕に力を込められ、腰がさらに密着する。弘樹の中の昂《たかぶ》りは未《いま》だ芯《しん》を失わず、深くへと埋《う》め込まれたままだ。腰を引き寄せられたことで繋《つな》がったままの部分を意識してしまい、弘樹は思わずそこを締めつけてしまう。

（やばい……）

一旦《いったん》は収まったはずの疼《うず》きが、じわじわと体中に広がっていく。意識しないようにと努めても、気づいてしまった欲望には抗《あらが》えない。野分に餓《う》えた体は、たった一度きりの行為では満足できないのだ。

しかし、仕事で疲れている野分に無理はさせたくないし、セックスを覚えたての若造のようにがっつくのも、年上としての矜持《きょうじ》が許さない。弘樹は必死に理性を手繰《たぐ》り寄せ、快感に蕩《とろ》けさせられた体をコントロールしようとした。

「もしかして、誘《さそ》ってるんですか？」

「ち、違《ちが》…っ」

「でも、ここはまだ足りないって云ってますよ？」

「…っあ！」

繋がりを軽く揺《ゆ》すられ、鼻にかかった声が上がる。咄嗟《とっさ》に口を手で押さえたけれど、間に合わなかった。

感じやすい自分の体を恨《うら》めしく思っても、生まれる疼きはどうにもならない。

「どうしますか？　弘樹さん」

「ん、や…っ、バカッ、触《さわ》るな…っあ！」

野分は弘樹の肩《かた》に歯を立て、足の間に手を伸《の》ばしてくる。そろりと撫《な》でられたそこは、すでに熱《いき》り立っていた。

「嫌ならやめますよ？」

「……やだ」

脅《おど》しのような台詞《せりふ》に負けて小さく呟《つぶや》くと、くすりと背後で笑った気配がした。吐息《といき》が首筋に触れるだけで皮膚《ひふ》が粟立《あわだ》ってしまう。

「わかりました。していいんですね？」

上機嫌《じょうきげん》の返事と共に再び腰を抱え上げられたかと思うと、壊《こわ》れてしまいそうなほどの荒々《あらあら》しさで体を揺さぶられた。

「あぁあ……っ、野分……野分……っ」

掴《つか》みかけていた理性は綺麗《きれい》に霧散《むさん》し、一気に快楽の淵《ふち》へと突《つ》き落とされる。

感じすぎてしまう自分の体と野分の激しさに翻弄《ほんろう》され、弘樹はただ淫《みだ》らに喘《あえ》ぐことしかできなかった。

「美味《おい》しいです」

「……ああ」

弘樹の作った食事を食べながら見せる野分の満面の笑《え》みが正視できず、弘樹は視線を逸《そ》らす。

野分の顔を見ると、先ほどの行為を思い出してしまいそうで怖《こわ》かった。

（あーあ…）

結局、食事の準備がすんだのは日付が変わろうかという頃だった。

久しぶりの行為が一度ですむわけがなく、あのあと幾度《いくど》かのラウンドにもつれ込んでしまったことは云うまでもない。

いつもなら、あんなふうに我を忘れて『もっと』だなんてねだったりしないのに。ずっと禁欲していたせいか、理性の飛び方が尋常《じんじょう》ではなかった気がする。

そうやって、どこかに忘れてきてしまった理性が戻《もど》ってきたのは、行為《こうい》が終わってしばらく経《た》ってからのことだった。

(自分でやるつもりだったのに……)

今日もぐずぐずとしているうちに、野分に後始末をさせることになってしまった。

そして、恥《は》ずかしさと罪悪感でいたたまれなくなった弘樹は、キッチンに逃《に》げ込み、脇目《わきめ》もふらずこの夕食の仕度《したく》に取りかかったというわけである。

「弘樹さんのご飯はいつも美味しいですけど、一緒に食べるともっと美味しいですね」

「……そ、そうか」

「すみません。何にも手伝わなくて」

「い、いいって！　俺がやりたかっただけだから！　ほら俺、料理趣味《しゅみ》だし!!」

本当は趣味どころか、苦手な部類だ。あまり食に拘《こだわ》りがないため、いまだってほとんどコンビニ弁当ですませている。

こうやって料理を作れるようになったのは、野分とつき合い始めてから。少しでも美味しくて栄養のあるものを食べさせてやりたいと思い、自己流で練習し、何とかいまの腕前《うでまえ》になったのだ。

「ウチの病院の食堂、栄養バランスは完璧《かんぺき》なんですが、味がいまいちなんですよね。弘樹さんの料理のほうが、美味しいです」

「病院のって、そんなに不味《まず》いのか…?」

でき上がった料理は自分でもまずまずの味に仕上がっているとは思うが、玄人《くろうと》と比べられるような代物《しろもの》ではないと思う。なのに弘樹の作ったもののほうがいいだなんて、どんなに酷《ひど》い味がする料理なのだろう?

「不味いって云うか、味がそっけないのかな。弘樹さんが俺好みの味の料理ばっかり作ってくれるから、贅沢《ぜいたく》になっちゃってるのかもしれません」

「……っ!?」

笑顔でさらりと云われた弘樹は、飲み込もうとしていたご飯を喉《のど》に詰《つ》まらせた。

「わ、喉に詰まっちゃったんですか!? 弘樹さん、これ飲んで」

むせて胸を叩《たた》いていると、野分がコップに入ったウーロン茶を差し出した。奪《うば》うようにしてそれを受け取り、弘樹はウーロン茶でご飯を流し込む。そして、やっとのことで人心地つき、深いため息をついた。

「はあ……」

「食べ物が喉に詰まると万が一の事態になることもあるから、ご飯はゆっくり嚙《か》んで食べて下さいね」

「………」

（──真顔で諭《さと》されてしまった…）

いま喉に詰まったのはお前のせいだとも云えずに、弘樹は視線を逸らして黙《だま》り込む。

（……ったく、こいつは……）

いちいち言動が心臓に悪い。つき合って長いのに、未だにドキドキし続けている自分は何かがおかしいのだろうか？

もぐもぐと口を動かしながら、ちらりと目線だけを動かし、何気なさを装《よそお》って野分の様子を窺《うかが》う。

すると、ばちっと目が合ってしまい、弘樹は慌《あわ》てて手元に視線を戻した。

彼女ができたばかりの中学生でもあるまいし、こんなことで動揺《どうよう》するなんて、と弘樹は自分を叱咤《しった》する。

（キスだって、エッチだって、デートだってしている間柄《あいだがら》でいまさら……？）

「あ」

「どうかしたんですか？」

野分の登場に、すっかり忘れていたことを思い出した。

この週末、学祭にかこつけたデートに誘うつもりでいたのだ。せっかく、こうして直接会えたのだから、いま云うべきだろう。

「の、野分」

「はい」

「あのさ――」

緊張《きんちょう》を押し隠《かく》して誘《さそ》いの言葉を口にしようとした途端《とたん》、室内に無機質な電話の音が鳴り響《ひび》いた。一気に張り詰めていた気持ちが緩《ゆる》んだが、いつまで経っても受話器を取ろうとしない野分に弘樹は首を傾《かし》げた。

「電話、取らないのか？」

「え、でも、弘樹さん、何か話があるんでしょう？」

「別に俺はあとでもできるだろ。いいから、取れよ。病院からかもしれないじゃないか」

自分を優先してくれようとしたことは嬉《うれ》しいが、もしも仕事の電話なら無視させるわけにはいかない。研修期間中とはいえ、野分が医者であることには変わりがないのだから。

「……じゃあ、すみません。――はい、もしもし、風間です。え？ 池田《いけだ》？ 久しぶり。元気にしてたか？」

野分の言葉を聞くに、病院からの呼び出しではなかったらしい。このまま病院に戻ってしまうことも覚悟《かくご》していたけれど、それだけは避《さ》けられたようだ。こっそりと危惧《きぐ》を抱《いだ》いていた胸を撫で下ろし、弘樹は休めていた食事の手を動かし始める。

「卒業して以来かな。ああ、うん、元気にしてるよ。うん…ずっと忙《いそが》しくて……」

内容を聞いていると、相手は大学のときの友達のようだ。学生時代の野分は、生活費のためにバイトばかりしていたものの、友人は多いようだった。きっと、その人柄《ひとがら》のお陰《かげ》だろう。

「それで、どうしたんだ？　こんな時間に。え、相談？　うん、週末？……まあ、その日は空いてるけど」

（……え？　ちょっ、ちょっと待て!!）

週末の予定を口にする野分に、弘樹は不安を覚えた。その日は学祭に誘うつもりなのに、先に予定を入れられてしまったら計画が無駄《むだ》になってしまう。

もしかしたら、いますぐ学祭のことを云えば間に合うかもしれない。

（でも……電話を邪魔《じゃま》するわけには…）

「――うん、じゃあ日曜日に」

そうこうしている間に、約束がすんだのか電話が切れてしまった。

弘樹は肩《かた》がガックリと落ちそうになるのを堪《こら》え、何食わぬ顔で電話の相手を探《さぐ》る。

「病院からじゃなかったんだな」

「はい。大学の後輩《こうはい》からでした。就職について相談があるみたいで。週末は久々の休みだったんですけど……」

（たかが就職のことくらいで、野分の貴重な休みを潰《つぶ》すな！）

顔も知らない相手に向かって、弘樹は理不尽極《りふじんきわ》まりない不満を抱く。しかし、貴重な休みを潰そうとしたのは自分も同じだ。就職の悩《なや》みとただのデート、誠実な野分にとってどちらが大事かと考えたら、答えは一つしかないだろう。

「……じゃあ、週末はそいつに会うんだ」

「ええ。でも、そんなに時間食うわけじゃないでしょうから、ついでに買い物でもしてきますよ」

「そうだな。俺もその日は仕事があるし、ゆっくりしてこいよ」

本当は行って欲しくない。けれど、そんな本音を隠して弘樹は告げた。

「そうですね。あ、それで、弘樹さんの話って何ですか？」

「え？　あ、ああ……」

学祭に来ないかと誘うつもりだったけれど、きっといまから自分が誘っても、野分を困らせるだけだ。それなら、初めから云わないでおいたほうがいい。

「大したことじゃないんだ」

「本当ですか？」

さらりと云ったつもりなのに、勘《かん》の鋭《するど》い野分は疑わしい目を向けてくる。

（ヤバい。上手《うま》くごまかさないと…）

「…ああ。明日は何が食いたいか訊《き》こうとしただけだ。いい加減、手持ちのレシピも尽《つ》きてきたし、リクエストがあれば料理の本とか買ってこようかと思ってさ」

「そうですか。メニュー考えるのも大変ですよね」

何でもない振《ふ》りをしつつ矢継《やつ》ぎ早に言葉を続けると、野分は一応納得《なっとく》してくれた。その場凌《しの》ぎになってしまったが、メニューに困っていたのは事実だ。

「何がいいかな…」

野分はしばらく逡巡《しゅんじゅん》したあと、にこりと笑って答えた。

「俺、カレー食べたいです」

「カレーなんかでいいのか？」

あまりにもオーソドックスなリクエストに、弘樹は拍子抜《ひょうしぬ》けしてしまう。カレーくらいなら、レシピを見ないでも作ることができる。もちろん、市販《しはん》のルーを使うタイプのものだけれども。

「はい。すっごい辛《から》いのをお願いします」

「わかった。死ぬほど唐辛子《とうがらし》入れておいてやるよ」

ともすれば暗くなってしまいそうな表情を、弘樹は軽口と笑《え》みで隠す。

野分にだってつき合いがあるのだ。全《すべ》てのプライベートを自分のために割《さ》いてくれだなんて贅沢なこと、云えるわけがない。

（今日、こうして会えたんだし、それだけで充分《じゅうぶん》だと思おう）

そう自分に云い聞かせるけれど、期待していたぶんの落胆《らくたん》は大きかった。

◇

「あーもう、早く帰りたい……」

学祭最終日、弘樹は憂鬱《ゆううつ》な気分で朝を迎《むか》えた。今日は野分が自分の知らない人間と共に過ごすのだと思うと、それだけで落ち着かない気分になる。

外では色んな催《もよお》しが繰《く》り広げられていることはわかっていたが、弘樹は学生と共にはしゃぐ気分にはなれなくて、ずっと研究室に籠《こ》もっていた。

（昼に待ち合わせとか云ってたからな。相談するなら食事しながらかな…？）

机に頬杖《ほおづえ》をつきながら、ぼんやりとそんなことを考える。

自分はこの数ヶ月、野分と外で食事なんかしていない。野分が学生の頃《ころ》もすれ違《ちが》いは多かったが、それでも同じ大学に通っていたお陰で、何とかお互《たが》いの都合を摺《す》り合わせることができていた。

ただそのときは、学部は違えども同じ大学内ということもあって、周囲に悟《さと》られないようにと、待ち合わせ場所を隣《となり》の駅にしてみたり、キャンパス内で会っても視線を交《か》わすだけで我慢《がまん》したり。そんな苦労はあったけれど、それもこれも野分と一緒《いっしょ》にいることができることに比べれば、弘樹にとって些細《ささい》な苦労でしかなかった。

（いまだって、野分と一緒にいられることができるなら……）

「先生ー!!」

「うわっ」

ため息をつきかけた途端、ガラリと開いたドアの音と、大きな声に弘樹は飛び上がらんばかりに驚《おどろ》いた。

「な、何だよいったい！」

「大変です！　ちょっと来て下さい!!」

突然《とつぜん》、弘樹のゼミの学生が飛び込んできたかと思うと、慌《あわ》てた様子でそう云ってきた。この子は確か、弘樹に学祭のジンクスを教えてくれた学生だ。

「大変って何が大変なんだ？？？」

「来たらわかりますからっ！」

何が起こったのかはわからなかったが、学生のこの様子からして、とにかく何かしらアクシデントがあったのだろう。

やれやれと椅子《いす》から腰《こし》を上げると、彼女は弘樹をぐいぐいと引っ張って行く。連れて行かれた先は、弘樹のゼミ生が有志で出していた出店の前だった。そこでは幾人《いくにん》もの学生が弘樹を待ち構えていた。

「先生、こっちこっちー！」

元気よく手を振る学生たちに、アクシデントの影《かげ》すら見つけられず、弘樹は首を傾げた。

「で、何があったんだ？」

何となく嫌《いや》な予感を覚えながら憮然《ぶぜん》として尋《たず》ねると、リーダー格の男子学生が待ってましたとばかりに教えてくれた。

「無事、商品が完売しました！」

「はあ？」

「これから乾杯《かんぱい》するんで、先生も一緒にと思って」

つまり、本当は問題など何も起きているわけじゃなく、学生たちの打ち上げに自分は駆《か》り出されただけらしい。真実がわかった弘樹は、ぐったりとしてしまう。

「一応訊《き》くが、それだけのために俺を呼んだのか？」

弘樹を呼びに来た学生をジロリと睨《にら》みつけると、彼女は悪びれもせずに云《い》った。

「だって、先生に一緒に乾杯しようって云っても来てくれないじゃないですか。名演技だったでしょ？」

「……わかったよ。一杯だけだからな」

「やったー！　じゃあ、気持ちが変わらないうちに。はい、先生」

紙コップを手渡《てわた》され、そこに冷えたビールを注《つ》ぎ込まれる。なみなみと注がれるビールを見ていたら、いっそ自棄酒《やけざけ》でもしていようかという気持ちになってきた。

「それでは！　学祭出店成功を祝って！」

「かんぱーい!!」

幾重《いくえ》にも重なったかけ声と共に、コップの中のビールを一気に飲み干す。

「先生、今日はいい飲《の》みっぷりですね。たくさんあるんで、どんどん飲んで下さい」

「おうよ！」

二杯目を注がれ、一息に呷《あお》る。三杯目を注いでもらおうとしたそのとき、弘樹の視界に意外な人物が映った。

（何で、あいつがここに……？）

野分は今日、後輩《こうはい》の相談に乗っているはずだ。毎朝もらう定期の『おはよう』メールでも、学祭に来るなんてことは一言も書いていなかったはずだ。まさか、ビールの一杯ごときで、幻《げん》覚《かく》が見えるようになってしまったのだろうか？

自分の目が信じられずにいると、弘樹の視線に気づいた野分と目が合った。

「あれ？　弘樹さん？」

「え……野分……？」

驚くと同時に、弘樹は野分の隣に綺麗《きれい》な女性がいることに気がつく。そして、彼女は弘樹の姿を見た途端《とたん》、するりと自然な動作で野分の腕《うで》に自分の腕を絡《から》めたのだ。

「……っ!!」

心臓にズキリと何かを刺《さ》したかのような痛みが走る。

就職についての相談で呼び出されたと云っていたはずなのに、何故《なぜ》大学の学祭などに来ているのだろう?

(……ああ、そういうことか……)

彼女は就職の相談にかこつけて、学園祭で野分に告白しようとしているのかもしれない。来年には卒業し、どこかの病院で研修医として働き出すことになる。そんな彼女にとって、今回の学祭が好きな人に告白する最後のチャンスなのだろう。学祭のジンクスに縋《すが》ろうという気持ちもわかる。

(でも、野分は?)

野分もここの卒業生だから、ジンクスくらい知っていてもおかしくはない。それがわかっていて、一緒に学祭に来ているのだとしたら——?

「……悪い、急用を思い出した」

「えぇっ!? 中條先生?」

「先生!!」

これ以上二人の姿を見ていられなくなった弘樹は、ビールの入った紙コップを学生に押しつけると、悪夢から逃《のが》れようとするかのようにしてその場から逃《に》げ出した。

「弘樹さん!?」

野分の呼ぶ声が聞こえたが、振り返ることなどできなかった。疑問符《ぎもんふ》ばかりが頭の中にいくつも浮《う》かぶ。

（でも、あいつにはお似合いの相手だったな……）

美人でスタイルもよくて、聡明《そうめい》そうで…。きっと、野分の後輩だというのだから、医学部の学生なのだろう。男で、年上で、可愛《かわい》げのない自分なんかよりずっと、野分の隣にいることが自然に見えた。同じ医学の道を志す間柄《あいだがら》なら、共通の話題も多いに違いない。

「でも、何で…っ」

選《よ》りに選って、二人でいるところを見てしまうなんて、運命の神様は残酷《ざんこく》だ。せめて、何も知らないままでいられたら、こんなにも胸を掻《か》き乱されることはなかったのに。

それとも、野分は自分に見せつけるために、わざわざ学祭に足を運んだというのだろうか？

毎日のように家に通い詰《つ》める自分が鬱陶《うっとう》しくて、それで……。

「……っ」

野分は昔、弘樹の『泣き顔に惚《ほ》れた』と云ってくれたことがある。だが、それを聞いてから、弘樹にはずっと胸の奥に燻《くすぶ》っている疑問があった。

（——野分は俺にどんなイメージを抱《いだ》いたんだろう…？）

弘樹の弱い部分に惹《ひ》かれたというのなら、口が悪くて意地っぱりな普段《ふだん》の弘樹は、好みから外れてしまうのではないだろうか？

「……大丈夫《だいじょうぶ》」

覚悟《かくご》は決めてきたつもりだ。

野分に他《ほか》に好きな人ができたのなら、快く送り出すつもりだった。野分が自分に気を遣《つか》うようだったら、どんな悪役にだってなってやるとさえ思っていた。

なのに、さっきの有様はどうだ。自分以外の人が隣《となり》にいる光景を正視できず、学生の前でみっともなく逃げ出してしまうなんて情けないにもほどがある。

「カッコ悪いよなぁ……」

逃げると云っても、大学内に一人になれる場所などそうはなく、結局弘樹は自分の研究室のある校舎へと向かった。

ぶつぶつと文句を呟《つぶや》きながら廊下《ろうか》を歩いていると、背後からばたばたと走る音が聞こえてくる。

一瞬《いっしゅん》、ギクリとしたけれど、野分の足音とは違《ちが》うそれに弘樹は肩《かた》の力を抜《ぬ》いた。

「先生！　ここにいたんですね」

「橋本か…。すまないな、最後までつき合えなくて」

並んで歩きながら、さっき取り乱してしまったことを取り繕《つくろ》うかのようにして弘樹は謝った。

橋本にはこの間からみっともないところばかり見せている気がする。

「いえ。そんなことは……」

「これから打ち上げに行くんだろう？　俺は行けそうもないから、みんなによろしく伝えておいてくれ。それと、軍資金…」

そう云って、打ち上げのカンパをしようと財布《さいふ》を出した弘樹だが、橋本はそれを拒《こば》んだ。

「先生、いいです」

「え？」

「俺、これからバイトで打ち上げに出られないんで。そのことじゃなくて、個人的に先生に話があるんですけど、少しだけ時間いいですか？」

「ああ。いいけど。何か質問か？」

「……そんなようなものです」

珍《めずら》しく歯切れが悪い。橋本はずれた眼鏡《めがね》を中指で押し上げながら、視線を泳がせた。

進路のことだろうかと思いながら、弘樹は研究室に招き入れた。

「まあいいや。中、入れよ」

「失礼します」

橋本はどことなく緊張《きんちょう》した面持《おもも》ちでぺこりと頭を下げると、研究室へと足を踏《ふ》み入れた。

しかし雑然としたソファーの上を片づけ、座るよう勧《すす》めると、何故か固辞された。

「じゃあ、何か飲むか？」

「いえ、それも結構です」

弘樹は研究室に持ち込んだ小さな冷蔵庫からミネラルウォーターを取り出すと、迷った末、座らず机に寄りかかった。

「それで、話って何だ？」

なかなか口を開こうとしない橋本にそう問いかけると、彼は微《かす》かな迷いを見せたあと、躊躇《ためら》いがちに訊《き》いてきた。

「……あの、さっきの背の高い人と何かあったんですか？」

「ぐっ！　ごほっごほっ」

直球の質問に、弘樹は思わず飲みかけていた水を噴《ふ》き出してしまう。その弾《はず》みに気管に水が入ってしまい噎《む》せ返った。

「先生、大丈夫ですか？」

「だ…大丈夫だ。それより、いま何て…？」

もしかしたら聞き間違いだったのかもしれないと思ったのだが、橋本は弘樹の質問には答えずに、ますます痛いところを突《つ》いてきた。

「女の人と一緒《いっしょ》に来ていた人、先生の恋人《こいびと》ですよね？」

「違…っ」

「どうして、逃げ出したりしたんですか？」

「俺は別に逃げたわけじゃ――」

「そうなんですか？」

「それはその……」

何とか云《い》い逃れようとしたのだが、まっすぐな視線が弘樹に嘘《うそ》をつくのを躊躇わせる。ときとうにごまかして煙《けむ》に巻《ま》いてしまえばいいのに、どうしても上手《うま》い言葉が出てこない。

「心配しなくていいですよ。きっと、俺以外誰《だれ》も気づいてませんから」

「そうなのか⁉　じゃあ、何でお前はわかったんだ⁉」

弘樹は驚《おどろ》いて、思わず体裁《ていさい》を取り繕うのも忘れて橋本に詰め寄ってしまう。

「あの人、去年までウチの大学にいましたよね。学部が違うのに、中條先生とよく目を合わせたりしてたじゃないですか。雰囲気《ふんいき》でわかります」

「そ、そうか……」

自分では完璧《かんぺき》に隠《かく》し通せていたと自負していたのだが、端《はた》から見て丸わかりだったとは。自分はもっと、ポーカーフェイスを練習したほうがいいかもしれない。

「でも、それだけでわかるもんなのか？」

野分が大学に通っていたときは、構内でできるだけ話さないようにしていたし、目を合わせたと云っても、すれ違いざまの一瞬だけだったはずだ。

もしかしたら野分に会えるかもしれないと、空いている時間に医学部にある食堂まで行ったりしたこともあったけれど、それを文学部の橋本に見られていたなんてことはないはずだが……。

「俺、先生のことずっと見てましたから」

「へ？」

云われた言葉の意味がわからず、弘樹は間の抜けた声を出してしまう。すると、橋本は熱を込めた口調で話し出した。

「先生には恋人がいるってわかってたから、諦《あきら》めてたんです。先生のあの人を見る目が本当に幸せそうだったから、俺はそれを見てるだけでよかった」

「お前、何云って…？」

「でも、さっきの先生はそうじゃなかった。あの人も女の人と一緒にいたし、そのあとの先生の行動とかを見てたら、もしかしたらって思えて……」

（ちょ、ちょっと待て!!　もしかしたらってどういうことだ!?）

背中に嫌《いや》な汗《あせ》がじわりと浮《う》かぶ。予測した続く言葉に、弘樹は内心パニックに陥《おちい》った。どうにかしてこの事態を回避《かいひ》しなくてはと思うけれど、言葉が上手く出てきてくれない。

「だから、伝えるならいましかないと思ったんです。学祭も今日で終わりだから…」

「それって……」

きっと橋本は、暗に学祭のジンクスのことを云っているのだろう。

どうすることもできず視線だけを泳がせていると、橋本が意を決したかのように弘樹の肩をがっしりと摑《つか》んでくる。

「は、橋本？」

「俺、中條先生のことが――」

云いかけたその瞬間《しゅんかん》、研究室のドアがガチャリと開いた。

今日は研究室を一緒に使っている同僚《どうりょう》が来る予定はない。いったい誰が来たのかと入り口に目を遣《や》り――弘樹は驚きで心臓が止まりそうになった。

「弘樹さん？」

「の、野分！」

「何やって…!?」

突然《とつぜん》現れた野分は、つかつかと歩み寄って二人の間に割って入ると、弘樹の腕《うで》を摑み、無理遣り自分のほうへと引き寄せた。

その腕に抱《だ》くようにして弘樹を引き剝《は》がし、殺気立った視線で橋本を睨《にら》みつける。

「この人に何をした!?」

「え…あ…その……」

橋本は野分の迫力《はくりょく》に圧《お》され、言葉を詰《つ》まらせる。漂《ただよ》うその剣呑《けんのん》な雰囲気に圧倒《あっとう》されていると、弘樹は引き摺《ず》られるようにして野分に研究室の外へと連れ出された。

「お、おいっ！　どこ行くつもりだよ!?」

「誰もいないところです」

その強引《ごういん》さに一瞬面食《めんく》らいつつ、弘樹は有無《うむ》を云わせない野分の態度に腹が立った。

「俺は行くつもりなんてねーぞ！　いい加減離《はな》せよっ」

「離せません！」

「離せ!!」

「ダメです。いいから、大人しくついて来て下さい」

「俺に命令すんなっ——うわ…っ!?」

ガラリと引き開けられたドアの向こう側に、弘樹は乱暴に連れ込まれる。そして野分は、弘樹を逃《に》がさないようドアの前に立ち塞《ふさ》がった。

偶然《ぐうぜん》入ったその部屋は、文学部用の資料室だった。出入り口は、目の前のドアしかない。

「そこをどけ！　いまはお前の顔なんて見たくないんだよ…っ」

「嫌です！　どきません！」

「勝手に間に入ってきたかと思えば、急にこんな……何考えてるんだ、お前は!!」

「じゃあ、弘樹さんは自分の恋人が他《ほか》の男に告白されるのを黙《だま》って見てろって云うんですか!?」

「そんなこと誰も……っ」

思わず見上げた野分の顔には、いつもの穏《おだ》やかな表情はどこにもなかった。

（何だよ、それ…！）

(――何で、そんな顔……?)

「あなたは誰にも渡《わた》さない!!」

「なっ……何云って――んく……ッ!?」

隙《すき》をついて体を壁《かべ》に押しつけてきたかと思うと、野分は噛《か》みつくようなキスをしてきた。捩《ね》じ込まれた舌に口腔《こうこう》を掻《か》き回された弘樹は、突然のことにパニックに陥った。

「んん…っ、あ…んぅ…っ」

こんなふうに激しい野分は見たことがない。いつもは誰にどんな迷惑《めいわく》をかけられても怒《いか》りに任せて怒《ど》鳴《な》ることはしないし、機嫌《きげん》の悪い弘樹が八つ当たりしても苦笑《くしよう》を浮かべるだけだ。

(なのに…どうして急に…?)

絡《から》めた舌を痛いくらいに吸い上げられ、痺《しび》れた瞬間それを甘噛みされる。貪《むさぼ》るような口づけに、まるで体の芯《しん》が溶《と》けていくようだった。

「ま、待っ…んんっ、ン…っ」

云い終わる前に、腰《こし》を掬《すく》うように引き寄せられ、ますます激しい口づけを施《ほどこ》される。

待ったをかけても、野分はキスをやめなかった。混じり合った唾液《だえき》が顎《あご》に伝い落ちるのを拭《ぬぐ》うこともできず、ただ弘樹は翻弄《ほんろう》されるだけだった。

すっかり息が上がり、空気を求めて唇《くちびる》が一瞬離れた隙に、弘樹は野分を力いっぱい突き飛ばした。

「待てって云《い》ってるだろう…！」

「……ッ」

野分はよろめき、近くの本棚《ほんだな》に肩《かた》をぶつける。痛みに顰《しか》められた表情に、罪悪感を覚えたけれど、謝るつもりはなかった。

「何なんだよ、お前は…。いきなり現れて無理遣りこんなことして……」

「……わからないんですか？　どうしてあなたはそう無防備で鈍《にぶ》いんですか。あんな人気《ひとけ》のない場所であなたを好きだって相手と二人きりになるなんて、何かあったらどうするんです？」

初めて見る表情に気圧《けお》されていた弘樹だったが、理不尽《りふじん》な責め立てに思わずカッとなった。

「何かって……あいつは、俺のゼミの学生だぞ!?　失礼なこと云うな!!　お前だって楽しそうに後輩《こうはい》とデートしてたくせに、どうして俺ばっかり責められなくちゃいけないんだよ!?」

「デートじゃありません！」

「だったら、何で腕なんか組んでたんだよ!?」

馴《な》れ馴れしく腕を絡められていたくせに、それを拒《こば》むことなくそのままにさせていたのはどこの誰だ。

すると弘樹の言葉に、野分は急にそれまでの勢いを失った。

「あれは……彼女が勝手に……」

「でも、お前はそのままにしてただろうが！　俺は……俺は……」

気持ちが昂《たかぶ》りすぎて、言葉に詰まる。さっき目《ま》の当たりにした光景を思い出すと、思わず瞳《ひとみ》の奥が熱くなった。

(俺だって、あんなこと一度もしたことないのに……)

潤《うる》んでしまいそうになる瞳を見られたくなくて、弘樹は慌《あわ》てて俯《うつむ》く。

「弘樹さん！」

すると、震《ふる》えそうになる唇を噛みしめながら堪《こら》える弘樹を、野分が突然ぎゅっと抱きしめた。

「……弘樹さん。俺はあなたを傷つけたんですね」

「し、知るか…っ！」

後悔《こうかい》の滲《にじ》む声に、ぐらりと心が揺《ゆ》れる。

「今日、後輩に誘《さそ》われて学祭に来たのは弘樹さんに会えるかもしれないと思ったからです。弘樹さん、今日は大学を休めないって云ってたじゃないですか」

「だ…だけど、学祭に来るなら来るで云っておけばいいだろう!?」

「黙っていたのは、弘樹さんに気を遣《つか》わせたくなかったからです。俺が行くって云ったら、無理して時間作ったりするでしょう？」

「当たり前だろ！　お前と一緒《いっしょ》にいられる可能性があるなら、無理だってするに決まってる!!　本当は俺が誘おうと思ってたんだ！　なのに、先に用事が入ったみたいだから我慢《がまん》したのに、他のやつとなんか来やがって…」

堰《せき》を切った感情が、言葉となって溢《あふ》れ出ていく。それでも怒りは収まらず、弘樹は目の前の野分の胸を拳《こぶし》で叩《たた》いた。

「弘樹さん……」

「俺に割《さ》く時間はないけど、あの子の相談に乗る時間はあるんだろ⁉　いいから行けよ！　俺なんか放《ほう》っておけよ‼」

自分でもみっともないことを云っている自覚はある。それと同時に、いまさら取り繕《つくろ》ってもどうしようもないという諦《あきら》めもあった。

ドンと野分を突《つ》き飛ばし、資料室の奥へと逃げようとする。だがすぐに、背後から伸《の》びてきた腕に抱き留められてしまう。

「——放っておけるわけありません。そんな顔の弘樹さんを」

「……っ」

密着する背中が燃えるように熱い。

もう一度ぎゅっと抱きしめると、野分は先ほどの激昂《げっこう》が嘘《うそ》かのような静かな声で囁《ささや》いてきた。

「あの夜、何か云いかけたのは、俺を学祭に誘ってくれるつもりだったんですね」

「さ、さぁな。もう忘れた、そんなこと」

「すみません。弘樹さんを責めておきながら、俺のほうがよっぽど鈍いですね。弘樹さんからの誘いに気づかないなんて、俺はバカです」

「野分……」

自らを責める野分の声音《こわね》に、興奮していた気持ちが徐々《じょじょ》に静まってくる。次第《しだい》に落ち着きを取り戻《もど》した弘樹は、激情をぶつけてしまった自分が恥《は》ずかしく思えた。

「不安にさせたこと、謝ります。でも、弘樹さん。不満に思うところがあったら直すよう努力しますし、して欲しいことがあったら何でもします。だから俺には何でも云ってくれませんか？」

「……けどお前、忙《いそが》しいだろうが。俺がわがまま云ったら迷惑するに決まってる」

野分を困らせてまで叶《かな》えたいことなんて、一つもない。本当はこうしてただ一緒にいられるだけでもいい。声を聞くだけでも幸せだから——だから、弘樹は野分にだけは迷惑に思われたくないと思っていた。

「弘樹さんのことを迷惑に思うなんて絶対にありません。たまには弘樹さんのわがままで俺を困らせて下さい」

「でも……」

「俺も弘樹さんにわがまま云わせてもらいますから」

「わ、わかった…」

こくりと頷《うなず》き、か細い返事をすると、野分の腕《うで》の中でくるりと方向転換《てんかん》させられる。向き合った野分は、まるで向日葵《ひまわり》が咲《さ》いたかのような優《やさ》しい笑顔《えがお》を浮かべていた。

「いいんですか？　わがまま云って」

「わかったって云っただろ。……俺だって、お前にわがまま云われてみたいし」

気恥ずかしさに目を伏《ふ》せると、野分に力いっぱい抱《だ》きしめられた。

「どうして、あなたはそう――――」

「の、野分？」

唸《うな》るように呟《つぶや》いたあと、野分は熱っぽい眼差《まなざ》しで弘樹を見つめた。その微《かす》かに潤んだ瞳に、
弘樹はドキリとする。

「一つ目のわがまま云っていいですか？」

「うん？」

視線にドギマギとしながら野分の言葉を待っていた弘樹は、続けられた一言に一瞬《いっしゅん》思考が停止した。

「いますぐ、あなたを抱きたい」

「な…っ、おま…っ、何云ってんだ!?　ここをどこだと思ってんだよ！　学生が来たらどうすんだッ!?」

「学祭の日に資料室になんか、誰《だれ》も来ませんよ」

野分はしゃあしゃあと嘯《うそぶ》くと、弘樹の両手首を頭上で一纏《ひとまと》めにして押さえつけた。

「こらっ、何してっ……っあ！」

するりとシャツを引き抜《ぬ》かれ、脇腹《わきばら》に野分の熱い手の平が触《ふ》れる。素肌《すはだ》をまさぐられる感《かん》触《しょく》に、弘樹は思わず目を瞑《つぶ》った。

首筋を舐《な》め、カリと耳朶《みみたぶ》に歯を立てられる。甘く震える体を尚《なお》も撫《な》で回され続けると、ずきんと腰《こし》の奥が疼《うず》いた。

「……っ、ん……っ」

「弘樹さん……」

「あ…っ、ちょっ、野分……っ」

皮膚《ひふ》の上を彷徨《さまよ》っていた手が、胸の辺りに到達《とうたつ》する。太いけれど器用な指が胸の尖《とが》りを探《さぐ》り当て、柔《やわ》らかいそれを指の間で摘《つま》み上げる。その刺激《しげき》にびくりと体が跳《は》ね、電流のようなものが四肢《しし》に広がった。

「あ…やっ、野分…っ、やだっ……」

摘まれたそれを執拗《しつよう》にこね回され、弘樹は体を捩《ねじ》る。嫌《いや》だと云った途端《とたん》、野分の動きがピタリと止まった。

「……やっぱり、ここじゃ嫌ですか？」

悲しそうな声で尋《たず》ねられ、弘樹は微かな苛立《いらだ》ちを覚える。

「じゃなくて…だから、その。この手、放してくれないと抱きしめらんないだろ…」

こんなことわざわざ云わせるなと睨《にら》みつけると、野分は素直に驚《おどろ》いた。

（……もしかして、俺はたかがビール二杯《にはい》で酔《よ》っているのだろうか？）

それとも、目の前のこの男に酔わされているのか……どちらにしろ、自分の甘ったるい発言に目眩《めまい》を覚えずにはいられない。

こんな誰が来るかもわからない、自分の職場での行為《こうい》を許すなんて何を考えているのだと自らを問い詰《つ》めたい気分だった。

「弘樹さん」

「いいから早く放せよッ」

口元を綻《ほころ》ばせる野分にぶっきらぼうに言葉を放つ。すると、ようやく拘束《こうそく》されていた手が解き放たれた。

「きょ、今日は特別だからな！　二度とこんなとこで——…あ…」

「弘樹さん」

体を屈《かが》めた野分の顔が、ゆっくりと近づく。そして、その欲情に満ちた眼差《まなざ》しに目を奪《うば》われた次の瞬間、弘樹の唇《くちびる》は荒々《あらあら》しく奪われていた。

「んっ、んん……」

乱暴ではあったが、その口づけに先ほどのような傲慢《ごうまん》さはなかった。

自由になったばかりの腕を野分の首に回し、しっかりとしがみつく。自ら舌を絡《から》め、野分のそれを吸うと、仕返しとばかりに吸い上げられ、頭の中がジンと痺《しび》れた。

「はっ……んぅ、ん……っ」

野分は何度も何度も角度を変えて、執拗にキスを繰《く》り返す。そのたびに弘樹の体は徐々に熱を持ち、鼓動《こどう》が少しずつ速くなった。

「んん、ん……んッ⁉」

足の間に膝《ひざ》を押し込まれ、布地を押し上げる股間《こかん》を太腿《ふともも》に擦《こす》られた弘樹は、不意打ちの刺激に目を見開いた。しかし思わず腰を引きかけると、背後にあった壁《かべ》に阻《はば》まれ尚も強く擦りつけられてしまう。

「んぁ…っ、あ……っ」

唇が解放された瞬間、高い嬌声《きょうせい》が零《こぼ》れ落ちる。野分は足の動きを止めないまま、意地の悪いことを云《い》ってきた。

「もう、こんなにしてるんですか？」

「ばっ…お前のせいだろ…っ⁉」

「そうですね。だったら、責任取らなくちゃいけませんね」

そう云って野分は、弘樹の足下《あしもと》に膝を折る。そして、きっちりと締《し》められたベルトに手をかけてきた。

「お、おい！　こら、何するつもり…っ」

ウエストを緩《ゆる》められ、下着を引き下ろされたかと思うと、野分は勃《た》ち上がりかけていた弘樹の昂《たかぶ》りをすうっと指でなぞった。

ひくんと震《ふる》えたそれをやんわりと撫で、擦る指の動きに息を呑《の》む。

「や、やめ…っ、んなことしなくてい…」

物足りない接触《せっしょく》に込み上げてくる快感を堪《こら》えようと体を強張《こわば》らせていると、先端《せんたん》に熱い濡《ぬ》れたものが触れた。

「ひぁ…っ」

「こっちはして欲しそうですけど？」

見下ろすと、足下に跪《ひざまず》いた野分が弘樹に見せつけるようにして、手の中のものを根本からゆっくりと舐め上げていた。括《くく》れた部分を指で擦られ、先端の窪《くぼ》みを舌先で突《つ》かれて、ぶるりと下肢が震えてしまう。

「……っ」

その卑猥《ひわい》な光景を直視できず、ぎゅっと目を瞑ると、途端ねっとりとしたものに自身が包み込まれた。根本の膨《ふく》らみを揉《も》み込まれながら舐めしゃぶられ、強弱をつけて吸われる気持ちよさに腰がぐずぐずに蕩《とろ》けていってしまいそうになる。

「ぁあっ…や、あ……っ」

前を弄《いじ》られているだけでも怖《こわ》いくらいに感じてしまうのに、野分は足の途中《とちゅう》に引っかかっていたズボンをするりと下に落とし、露《あら》わになった足を撫でてきた。

「はっ…あ、あ…っ」

膝裏をくすぐる指先が、少しずつ上のほうへと移動してくる。太腿を撫で、足のつけ根をなぞり、尻《しり》の丸みを両手で揉みしだく。左右に押し開かれた先、足の間の窄《つぼ》まりを指先で探られ、内腿《うちもも》がギクリと引き攣《つ》った。

「あ、あ…っ、んっ、う……っ」

ゆるゆると撫でられると、やがてそこに施《ほどこ》されるであろう行為への期待でジンと下腹部が熱くなる。強張った自身も、すでに痛いくらいに張り詰めていた。

弘樹は野分の髪《かみ》に指を差し込むと、耐《た》えきれないその感覚を訴《うった》えるかのようにして掻《か》き乱した。

「も、放せ…っ」

髪を摑んでそう云うと、野分は少しだけ顔を上げる。

「このまま、イって下さい」

「何云って——あ…っく、あぁ…っ」

一際《ひときわ》強く吸い上げられ、弘樹は絶頂を促《うなが》される。かぶりを振《ふ》って抵抗《ていこう》したが、口でされることに慣れない弘樹には、もう限界だった。

「……あ……」

荒《あら》い呼吸を繰り返しながら恐《おそ》る恐る目を開けると、野分が口腔《こうこう》で受け止めたものを何食わぬ顔でこくりと飲み下し、濡れた唇を自分の舌で拭《ぬぐ》っているところだった。

「ばっ、バカ！　何してんだ!?」

口でイカされただけでも死ぬほど恥《は》ずかしいというのに、それを嚥下《えんか》された弘樹は有り余る羞恥《しゅうち》で泣きそうになる。

「いい加減、慣れて下さい。もう、数えきれないほどしてるのに」

「俺だって、何度も嫌だって云っただろ!?」

だが、そのたびに野分は『すみません』と謝るだけで、それをやめようとしてくれないのだ。

「こういうときの弘樹さんの『嫌』はあんまり信用できないから」

「なっ……」

臆面《おくめん》もなく云われた言葉に、弘樹は絶句した。確かに気持ちがいいときも、思わず『嫌だ』と云ってしまうことはあるけれど、それとこれとは話が違《ちが》う…気がする。

「弘樹さん。これで終わりのつもりじゃないですよね？」

「え…？」

「俺もそろそろ辛《つら》いんで」

跪いたままの野分を見下ろし、生理的変化がわかりやすい部分に目を遣《や》ると、そこは傍目《はため》にもわかるほど膨らんでいた。

「あっ…悪い……」

　自分も同じようにやったほうがいいだろうかと一瞬《いっしゅん》悩《なや》んだものの、長年のつき合いの中で弘樹は数えるほどしか口淫《こういん》をしたことがなかった。嫌《いや》だから、というわけではなく、いつも一方的に翻弄《ほんろう》されるばかりで自分から相手にするような余裕《よゆう》がないのだ。

「下を脱《ぬ》いで、俺の膝に乗って下さい」

　迷っているうちに、次を命令される。

「わ、わかった……」

　弘樹は頷《うなず》くと、足の途中に引っかかっていたズボンを脱ぎ去り、床《ゆか》に座った野分の足を挟《はさ》んで膝立ちになった。しかし、そのまま腰《こし》を下ろすと、イッたばかりの自身が野分の腹部に擦《す》れて、それだけでまた感じてしまう。

　恥ずかしさに視線を泳がせると、ぺろりと唇を舐《な》められた。

「……っ」

　キスの合間にネクタイをしゅるりと引き抜《ぬ》かれ、シャツのボタンを外される。はだけた胸元《むなもと》に大きな手の平が触《ふ》れ、敏感《びんかん》な突起《とっき》を指が掠《かす》めるたび、痛痒《いたがゆ》いような感覚が生まれた。

「ん……ふっ……」

　もっと強く弄って欲しいと願った瞬間、きつくそこを抓《つね》られた弘樹は、甘い嬌声を上げてしまう。

「あ…ッ」

「痛いくらいが気持ちいいんですよね？」

野分は云いながら胸の尖《とが》りに舌を這《は》わせると、形に沿って舐め上げた。感じて硬《かた》くなったそこを噛《か》み、吸い上げる。

一度達したはずの中心もいつの間にか芯《しん》を持ち、先端から雫《しずく》を滴《したた》らせていた。

「いッ……あ…っ」

そこへの刺激《しげき》が物足りなくて、擦りつけるように腰を動かすと、野分の長い指がそこに絡《から》みつく。野分が零れた体液を塗《ぬ》りつけるかのようにして指を動かすと、高められた熱が下腹部で暴れ出した。

「…っあ、そこ…そんなしたら……っ」

ぬるぬると擦られるだけで、またイッてしまいそうだった。しかし、限界が見えかけた瞬間、不意に野分の指が解かれてしまったのだ。

中途半端《ちゅうとはんぱ》な状態で放置された昂りが、ズキズキと疼《うず》く。思わず自らの手をそこに伸《の》ばしかけたとき、突然、体液に濡れた野分の指が、後ろの窄まりに触れてきた。

「い……っ」

「慣らすものがないので。痛かったらすみません」

「んんっ、ん……っ」

野分は謝りながらも強引《ごういん》に、弘樹の中に指を押し込んでくる。ゆっくりとめり込んでくる指は熱く、ぬめりが足りないせいで粘膜《ねんまく》が引き攣《つ》れたようになった。

しかし、一度達した体はさらなる刺激を欲《ほっ》しており、奥へと進もうとする野分の指をあっさりと受け入れてしまう。

「んぁ…っ、う、あ…っ」

ぐるぐると体内を掻き回され、弘樹は途切《とぎ》れ途切れの喘《あえ》ぎを零《こぼ》す。ぐだぐだになってしまいそうな体を支えようと自分を苛《さいな》む男にしがみつくと、ますます激しく中を弄られた。

「つっ…、う……んんっ」

粘膜を押し広げられ、太い指を抜き差しされると、そこが快感にひくひくと痙攣《けいれん》する。無意識に腰を揺《ゆ》すってしまい、その刺激に我に返った弘樹は羞恥に赤くなった。

「もう、大丈夫《だいじょうぶ》ですか？」

「……え？」

確認《かくにん》するかのように呟《つぶや》くと、野分は柔《やわ》らかくなった入り口の浅い部分にある過敏《かびん》な場所に触れてきた。

「あ…っ！」

くっと指が押し込まれるだけで、びくんと背中が撓《しな》る。凝《しこ》りのようなそこを撫《な》で回されれば、断続的な甘い声が上がった。

掻き回される粘膜は野分の指にねっとりと絡みつき、物欲しげにひくついている。快感に体の力が抜け落ちていき、弘樹は膝立《ひざだ》ちしているのがやっとの状態だった。

「ぅあ…っ、あ、野分…っ、も、欲し……」

指ではなく、もっと確かな存在を感じたい。ねだるように体を押しつけて訴えると、野分は申し訳なさそうな顔をした。

「弘樹さん、そのままじゃダメですよね？」

「え…？」

「アレをつけないとあとが辛いだろうし…それに、中に出されるの好きじゃないんですよね？」

野分はそう云《い》うと、綻《ほころ》んだそこからずるりと指を引き抜き、蜜《みつ》を零す弘樹の昂《たかぶ》りと自らのそれを併《あわ》せて握《にぎ》り込む。

しかし、すでに弘樹はそんな刺激だけで満足できる状態ではなかった。

「や…、いいから…入れろよ…っ」

「でも」

「別に、嫌じゃない……」

野分の首にしがみつき、本当は嫌《きら》いではないということをぼそぼそと告げると、喪失感《そうしつかん》にわななく入り口に熱いものが押し当てられた。

そして、ぐっと摑《つか》まれた腰が勢いよく引き下ろされる。

「…っぁあ、あー…っ！」

一息に入り込んできた灼熱《しやくねつ》の塊《かたまり》は、内側から弘樹を焦《こ》がそうとする。体の中で、野分の欲望がドクドクと激しく脈打っていることがわかった。

全《すべ》てを収めた野分は、弘樹の中を味わうかのようにして一度動きを止めると、ゆっくりと息を吐《は》く。

「う…きつ……」

「——動かしますよ？」

繫《つな》がりを軽く揺すられただけで、噓《うそ》みたいに感じてしまう。

焦《じ》らされたぶん、感覚がそれまで以上に鋭《するど》くなってしまっているのだろうか。

「ん…あ、あ……っ」

体を揺さぶられるたびに内壁《ないへき》を擦《こす》り上げられ、体内で起こる摩擦《まさつ》の気持ちよさに弘樹は啜《すす》り泣いた。

「ぅあ…っ、あっ、あ……っ」

感じすぎてしまう体を持て余し、ひっきりなしに喘ぎ続ける。最奥《さいおう》を乱暴に突《つ》き上げられると、昴りの先端《せんたん》から白濁《はくだく》が溢《あふ》れ出た。

衝撃《しようげき》に仰《の》け反る喉《のど》に嚙みつかれ、野分の欲望を飲み込んだ場所を弘樹はつい締《し》めつけてしま

う。

「あぁ…っ、野分っ、野分…っ」

与《あた》えられる激しい律動に理性は霧散《むさん》し、ここがどこだったのかさえも思い出せない。

ただわかるのは、お互《たが》いの熱さと愛《いと》しさだけ。

(……好きだ)

どうしようもなく、好きだと思う。自分の中に、こんな嵐《あらし》のような激しい感情があっただなんて、野分に出逢《であ》うまで知らなかった。

他《ほか》には何もいらない。野分さえ、傍《そば》にいてくれればそれでいい。この腕《うで》の中に閉じこめて、もう二度と放したくない。

ふとした弾《はず》みに視線が絡み、どちらからともなく口づけ唇《くちびる》を貪《むさぼ》り合う。

「弘樹さん――」

上がりきった呼吸の中、紡《つむ》がれる名前の響《ひび》きの甘さに体まで蕩《とろ》けてしまいそうになる。

弘樹が小さな呟きを耳元で囁《ささや》くと、野分は一瞬《いっしゅん》目を見張ったあと、花が綻ぶように破顔した。

窓の外は、もうすでに夕闇《ゆうやみ》を迎《むか》えていた。

「……ったく、無茶しやがって」

いててと腰《こし》をさすりながら、研究室へと向かう。学生の監督者《かんとくしゃ》として最後の見回りをしなければいけないのを思い出し、慌《あわ》てて身仕舞《みじま》いを整えて資料室を出てきたのだ。

「すみません、一応手加減はしたんですが」

「手加減？　あれで!?」

本気を出されたらどうなっていたのだろうかと考えるだけで恐《おそ》ろしい。そもそも、あんな場所であんなことをしてしまった自分もどうかしていたと思うが。

「だって、弘樹さんが可愛《かわい》いことを云うからいけないんですよ？」

「人のせいにするな!!　ったく……」

ぶつぶつと文句と自分に対する云い訳をしながら、野分の前をよたよたと歩いていると、突然背後から呼びかけられた。

「弘樹さん」

「あ？」

「――好きです、弘樹さん」

「な、何だいきなり…っ」

突然の言葉に弘樹は狼狽《うろた》える。不意打ちの告白に心構えができておらず、必要以上に脈拍《みゃくはく》が速くなった。

「いま、どうしても云いたくなったんです」

「お…お前もジンクスなんて信じてんのか？」

素直《すなお》に受け取ればいいものを、ついそんなふうに云ってしまうのは照れ隠《かく》しのためだ。

しかし、それに対する野分の返答は予想外のものだった。

「ジンクス？」

「惚《とぼ》けんなよ。お前だって知ってんだろ？　ウチの学祭のジンクスくらい」

「へえ、ウチの学祭にジンクスなんてあったんですか。どんなのなんですか？」

わざと惚けているとも思えない口調に、弘樹は眉《まゆ》を寄せる。

「……もしかして、本当に知らないのか？」

「はい」

「………」

「教えて下さいよ。俺、バイトばっかりしてたから、そういうの疎《うと》いんです」

「い、いや、知らないんなら、いいんだ。うん、別に大したことでもないし…」

完全に失敗した。これでは、弘樹が乙女《おとめ》チックにジンクスを意識していたと云わんばかりではないか。

これで内容まで知られたら憤死《ふんし》ものだ。何とか話を逸《そ》らそうと話題を探すが、急には思いつかない。そうやって口籠《くちご》もっている弘樹の体を引き離《はな》し、野分は踵《きびす》を返そうとした。

「いいですよ。わかりました。他の誰《だれ》かに訊《き》いてきます」

「他って誰に訊く気だよ!?」

「誰でもいいじゃないですか。弘樹さんは教えてくれるつもりがないみたいですから」

「いや、だって……」

「云いたくないのに無理強《じ》いするつもりはありません」

背中を向けて行こうとする野分にしがみついて引き止める。他の誰かに訊かれるくらいなら、自分で告げたほうがまだましだ。

「わかったよ！　教えるよ！　教えればいいんだろ!?」

「はい」

振《ふ》り返った野分の笑顔《えがお》を見たとき、はめられたと気づいたけれど、教えると云ってしまった手前いまさらどうすることもできず、弘樹は観念した。

「何つーか、お約束みたいなジンクスだぞ？　別に俺は信じてるわけじゃないっつーか……」

「だから、どんな内容なんですか？」

「……その…だな、学祭の間にキャンパス内で告白して上手《うま》くいけば、一生幸せになれるとか何とかっていう話があるんだってよ」

「へえ、そんなジンクスがあったんですね。本当に俺、全然知りませんでした」

「何か、佐藤先生は奥さんに学祭んときにプロポーズしたとかで……あっ、俺は別に興味なんてなかったんだが、この間、学生が騒《さわ》いでて、それで……」

(いかん、云《い》い訳じみてきた……)

余計なことを云えば云うほど、ぼろが出てしまいそうだ。

ジンクスに頼《たよ》ろうと一瞬でも思ってしまった恥《は》ずかしい自分を消してしまいたい。

「くだらないだろ？ 俺もそんなもん信じてなんかいないんだけど——」

「でも、本当に叶《かな》うのなら素敵ですね」

「そ、そうか？」

子供っぽいと笑われるかと思ったのに、野分がこういったジンクスに興味を持つなんて意外だった。

こんなことなら、無理に隠そうとしなくてもよかった気がする。

「……せっかくだから、いま云っていいですか？ ずっと、云おうと思ってたこと」

「……んだよ」

思わせぶりに尋《たず》ねられ、弘樹は身構える。野分は弘樹の瞳《ひとみ》をまっすぐ見つめ、一拍《いっぱく》置いたあと、一息に告げてきた。

「俺と一緒《いっしょ》に暮らして下さい」

「——は？」

「ちゃんと俺も家事やりますし、弘樹さんの負担にはなるつもりもありません。だから、できるだけあなたの傍にいさせて下さい」

「〜〜〜っ」

これではまるで、プロポーズの言葉のようだ。

脳が沸騰《ふっとう》したみたいに頭の中がぐちゃぐちゃになっていて、思考回路が上手《うま》く繋《つな》がらない。

(こういう場合、何て答えればいいんだ!?)

弘樹がパニックに陥《おちい》っていると、野分が心配そうな顔で尋ねてくる。

「やっぱり、ダメですか？」

「だ…っ、ダメじゃない…っ」

反射的にそう云うと、野分はぱっと表情を明るくした。

「よかった」

夕陽に映《は》える野分の笑顔が眩《まぶ》しくて、弘樹は思わず目を眇《すが》める。

胸に込み上げてくる熱いものに背中を押され、ここが自分の職場であることも忘れて目の前の野分に抱《だ》きついた。

「弘樹さん？　どうかしたんですか？」

「……いつか、俺が先に云《こ》おうと思ってたのに」

勇気が出なくて飛び越えられなかったハードルを、野分は易々《やすやす》と越えていってしまう。

そんなところが眩しくて、羨《うらや》ましい。小心で自信の持てないこんな自分でいいのかと不安になるけれど、許される限り野分の傍《そば》にいたいと思う。

「え？」

「何でもない」

強情《ごうじょう》にもそう云いきると、野分の大きな手にふわりと頭を撫《な》でられる。

「……そうですか」

何も訊かないでいてくれる野分に甘え、弘樹は優《やさ》しく髪《かみ》を梳《す》かれる感触《かんしょく》の心地《ここち》よさに目を閉じて広い胸板《むないた》に顔を埋《うず》めた。

（誰にも渡《わた》したくない）

こいつは俺だけのものだと世界中に叫《さけ》んでやりたい。

「――好きだよ、野分」

滅多《めった》に口にしない本音を告げた自分の顔はきっと、真っ赤になっていることだろう。指摘《してき》されたら、照りつける夕陽のせいにしてしまえばいい。

野分の背中をかき抱《いだ》く腕《うで》に力を込めると、それ以上の強さで抱き返された。

純愛《じゅんあい》エゴイスト
エピローグ
……
なーんだ
俺《おれ》が出《で》てないならいいや
自分さえネタにされていなければどーでも!!!
ウサギさーん書庫《しょこ》の電球《でんきゅう》切《き》れてたからかえといて
もしゃ
もしゃ
もしゃ
もしゃ
ああっ!!
俺《おれ》の分《ぶん》は!?
タイヤキ!!
えーー先生《せんせい》ー書《か》きましょうよー
もしゃ
もしゃ
もしゃ
もしゃ
ムリだ
この小説《しょうせつ》はな…

ひどいー
1時間《じかん》並《なら》んでやっと買《か》えたのにー
うわーん
酔《よ》っぱらいの友人《ゆうじん》に呼《よ》び出《だ》され己《おのれ》の恋愛話《れんあいばなし》を聞《き》かされたので
ムカついてウサばらしに書《か》いたモノなのだ
へ
クシャ
ヒロさんカゼですか？
というか悪寒《おかん》が…
なぜだ…
ブルル
酔《よ》ってうっかり話《はな》した事《こと》がネタにされそれがいずれ文庫化《ぶんこか》されようとは今《いま》の上條弘樹《かみじょうひろき》は知《し》る由《よし》もない……
？
？
［純愛《じゅんあい》エゴイスト♥END］

あとがき

はじめましてこんにちは、藤崎都です。

今年は桜の開花が早いですね！　犬の散歩中に立ち止まっては、お花見に興じる毎日です。

願わくば嵐《あらし》などで散ることなく、少しでも長く楽しめるといいのですが。


今回は三ヶ月連続刊行キャンペーンの最終刊で、そして何と、デビューしてから二十冊目の本になります。文庫のカバーの後ろの折り返しに著作リストがあるのですが、先日見返してみて驚《おどろ》いてしまいました。

いつか覚める夢なんじゃ……と思っていたはずなのに、気がつけば一冊目の本からもう四年が過ぎております。まだまだ新人のつもりでいたのに、本当にびっくりです。少しは成長できてるんだろうか……と我が身を振《ふ》り返ってしまいました（苦笑）。

長いようであっという間の四年間でしたが、ここまで続けて来られたのは拙作《せっさく》をお手に取って読んで下さっている皆様《みなさま》のお陰《かげ》です！　本当にありがとうございます!!

未《いま》だに戸惑《とまど》うことも多くあるのですが、これからも頑張《がんば》っていきますのでどうぞよろしくお願い致《いた》します。


さてさて、そんな記念すべき今回の本はいかがでしたでしょうか？

念のため説明させていただきますと、この『純愛シリーズ』は、中村春菊先生原作コミックス『純情ロマンチカ』内で、登場人物の宇佐見秋彦先生（ウサギさん）こと秋川弥生先生が書いている小説を文庫にしたものです。現在ルビー文庫より『純愛ロマンチカ』というタイトルで、三巻まで発売されています。

本作『純愛エゴイスト』というタイトルからおわかりになるとは思いますが、この話の登場人物は『純情エゴイスト』のキャラクターがモデルになっております。ウサギさんがどんな経緯《けいい》でこんな話を書いたのかということは、前後についている中村先生のマンガをご参照下さいませ。

思わず噴《ふ》き出してしまうような楽しいマンガと、素敵《すてき》なイラストを描《えが》いて下さった中村先生には、心からお礼申し上げます。野分に学ランを着せる夢がかなって本当に嬉《うれ》しいです。ありがとうございました！

色々とご迷惑《めいわく》をおかけしてしまった担当様には、感謝の言葉よりお詫《わ》びの言葉を云《い》うべきな気がしますが、ありがとうございました。

そして、この本をお手に取って下さいました皆様に深くお礼申し上げます。最後までおつき合いいただきまして、本当にありがとうございました!!

それでは、またいつか貴方《あなた》にお会いすることができますように♡

←続いて、中村先生のあとがきをどうぞ!

二〇〇六年三月

藤崎　都

今日は。中村春菊です。
まさか これは出るまいと思っていた「純愛エゴイスト」が
出てしまいました(笑)これも ひとえにリクエストして下さった
皆様のおかげです!! ありがとうございました!!
そしてまたもや藤崎先生を巻き込んでしまいました。
いつもありがとうございます!
さて偽造シリーズではあるのですが書く前から野分は
多分本物とあまり変わらない
ですよね。という事が、私、
藤崎先生、担当さんの中で
一致してました。

野分が
キャラの中で
一番黒いと
いう事なのかもしれません…(笑)
(外見も黒いですね…)
オリジナルは漫画でして
「純情ロマンチカ①～⑥」
という本にエゴイストが
収録されていますので
少しでもキョーミを持たれ
ましたらお手に取って下されば
嬉しく思います。

では! ナカムラ

KADOKAWA RUBY BUNKO

純愛《じゅんあい》エゴイスト
藤崎《ふじさき》　都《みやこ》　原案／中村春菊《なかむらしゆんぎく》

角川ルビー文庫　R78-20　14215

平成18年5月1日　初版発行

発行者――井上伸一郎
発行所――株式会社角川書店
東京都千代田区富士見2-13-3
電話/編集(03)3238-8697
営業(03)3238-8521
〒102-8177 振替00130-9-195208
印刷所――旭印刷　製本所――BBC
装幀者――鈴木洋介

ISBN4-04-445524-4　C0193　定価はカバーに明記してあります。